树木在弯腰示意,

灰色的塔尖在蓝天映衬下变得柔软,

人声鼎沸,又像在空中悬浮着,

五月潮湿的空气,

夹杂着颗粒的轻快的风——板栗花、花粉,

无论什么给予了五月的空气活力的事物,

都使树木日渐葱茏,

催嫩芽分泌胶脂,

涂绿地草色茵茵。

Jacob's Room

雅各的房间

[英] 弗吉尼亚·伍尔夫———著

曹心姿　刘欣怡———译

华中科技大学出版社
http://www.hustp.com
中国·武汉

图书在版编目（CIP）数据

雅各的房间 /（英）弗吉尼亚·伍尔夫著；曹心姿，刘欣怡译. -- 武汉：华中科技大学出版社，2020.9
（伍尔夫作品集）
ISBN 978-7-5680-6476-7

Ⅰ.①雅… Ⅱ.①弗… ②曹… ③刘… Ⅲ.①长篇小说-英国-现代 Ⅳ.① I561.45

中国版本图书馆 CIP 数据核字 (2020) 第 140793 号

雅各的房间	[英] 弗吉尼亚·伍尔夫 著
Yage de Fangjian	曹心姿 刘欣怡 译

策划编辑：刘晚成
责任编辑：田金麟
责任校对：张会军
责任监印：朱 玢
装帧设计：璞茜设计

出版发行：华中科技大学出版社（中国·武汉）	电话：（027）81321913
武汉市东湖新技术开发区华工科技园	邮编：430223

印　　刷：武汉精一佳印刷有限公司
开　　本：880mm × 1230mm　1/32
印　　张：8.75
字　　数：132 千字
版　　次：2020 年 9 月第 1 版第 1 次印刷
定　　价：29.80 元

本书若有印装质量问题，请向出版社营销中心调换
全国免费服务热线：400-6679-118 竭诚为您服务
版权所有 侵权必究

目录
CONTENTS

001　第一章
013　第二章
037　第三章
065　第四章
093　第五章
111　第六章
125　第七章
137　第八章
153　第九章
177　第十章
193　第十一章
209　第十二章
253　第十三章
273　第十四章

第一章

"如此看来,"贝蒂·佛兰德斯写道,将鞋跟踩进沙子深处,"无计可施,只能离开了。"

淡蓝色的墨水从金色的笔尖缓缓涌出,洇透了那个句号;她的笔正因在那处,无法动弹。她眼神凝滞着,泪水逐渐充盈了眼眶,整个海湾都在颤抖;灯塔在摇晃,她仿佛看见康奈尔先生的小船的桅杆像在阳光下暴晒的蜡烛一般弯了腰。她赶紧眨了眨眼睛。意外是非常可怕的事情。她再一次眨了眨眼。桅杆依然笔直,海浪平静,灯塔直立,但墨渍已漫延开来。

"……只能离开了。"她念道。

"好吧,如果雅各不想玩的话"(她的大儿子阿彻的影子落在了便条纸上,在沙滩上显出淡淡的蓝色,她感到些许凉意——早已是九月的第三天了),"如果雅各真的不想玩的话"——多么糟糕的一摊墨渍啊!时候一定不早了。

"那臭小子究竟在哪儿呢?"她叨念着,"我没有看到他。快跑去把他找来。叫他立刻回来。""……但幸好,"她胡乱写着,不再理会那个句号,"一切事情似乎都安排得妥妥当当,尽管我们挤得像木桶里的鲱鱼,还要被迫把婴儿车竖起来,房东太太自然是不会同意这种做法的……"

这些就是贝蒂·佛兰德斯写给巴富特上尉的信——厚厚一沓,泪痕斑斑。斯卡伯勒与康沃尔相差七百公里:巴富特上尉就在斯卡伯勒,西布鲁克已经离世了。泪眼模糊中,花园里的六丽花泛起红色的波浪,玻璃房闪耀着炫目的光芒,光亮的刀子让整个厨房熠熠生辉,此时此景,让神父的妻子贾维斯太太在教堂里不禁思量,当圣歌的旋律响起,佛兰德斯太太在儿子们的头上弯腰的场景:婚姻是一座堡垒,而寡妇们孤零零地在旷野上流浪,时而拾起几颗石头,时而捡起几根金黄的麦秆,茕茕孑立,无依无靠,可怜的家伙们。佛兰德斯太太守寡已经有两年了。

"雅——各!雅——各!"阿彻声嘶力竭。

"斯卡伯勒。"佛兰德斯太太在信封上写道,然后在字下猛地画了一道粗线;那是她的故乡;宇宙的中心。但是邮票呢?她在背包中到处翻找,接着又把整个包倒过来找;然后在口袋中摸索,她找得如此急切,连戴着巴拿马草帽的查尔斯·斯蒂尔也停住了手中的画笔。

他的画笔像是一些敏感昆虫的触须,强烈地颤抖着。那个女人动来动去——似乎还要站起来——真是烦人!他在画纸上匆匆涂下墨紫色的一笔。这幅风景画正需要这么一笔。色调太过于苍白了——灰色渲染成了淡紫色,一颗星星抑或一只白海鸥就这样悬浮着——苍白如旧。批判家们亦会如是说。他只是一个画展上无人问津的无名鼠辈,表链上挂着十字架,深受房东太太们的孩子的欢迎,如果房东太太们能够喜欢他的作品,他就会感到非常欣慰——她们通常都会喜欢。

"雅——各!雅——各!"阿彻大声喊着。

虽然斯蒂尔很喜欢小孩,但还是被这喧哗声激怒了,他烦躁地戳着调色板上那些黑色的小圈圈。

"我看见你弟弟了——我看见你弟弟了。"斯蒂尔点着头说道,这时阿彻慢吞吞地走过他身旁,拖着铲子,瞪着这位戴眼镜的老先生。

"就在那边——岩石边上。"斯蒂尔叼着画笔,含糊地说着,手中挤出黄赭色的颜料,双眼始终盯着贝蒂·佛兰德斯的背影。

"雅——各,雅——各!"阿彻大声喊着,片刻之后,他又慢吞吞地挪步走了。

那声音别具哀愁,像是挣脱了所有躯壳、一切情感,飘入这红尘世间,孤孤零零,冷冷清清,撞碎在岩石上——听上去就是如此。

斯蒂尔蹙紧眉头,但对黑色的效果感到满意——正是这点将其余的部分融为一体。"嗯,五十岁了还能学画画!比如提香……"在找到适合的色彩后,他抬起头,猛地发现海湾上空笼罩着一片黑压压的乌云。

佛兰德斯太太站了起来,左右拍打着外套,以甩去上面的沙子,然后拿起了她黑色的太阳伞。

从沙子中涌现出来的岩石像是远古之物,坚硬至极,呈现出深褐色,更准确点说是黑色。粗糙的岩面布满了褶皱不平的帽贝,稀稀落落地散布着几缕干海藻,小男孩不得不叉开双腿,在抵达岩石顶部之前,他的胸中充满了英雄气概。

但在岩石顶峰上，有一个积满水的凹坑，坑底铺满了沙子，壁上黏着一团水母和一些蚌类。一条鱼倏地游过，黄褐色水藻的尾端飘舞着，露出了一只乳白色的螃蟹。

"天哪，一只大螃蟹。"雅各嘀咕道——在坑底的沙上迈开柔弱的双腿。抓住了！雅各倏地把手扎进水里。这只螃蟹凉飕飕、轻飘飘的。可水却被沙子搅浑了，于是雅各爬下岩石，把木桶抱在胸前，正要往下跳时，他看见一对大块头的男女肩并肩僵直躺着，脸红彤彤的。

那身形臃肿的一男一女（天慢慢暗了下来）一动不动地并排躺在距离大海只有几英尺的位置，脑袋枕在手绢上，几只海鸥优雅地掠过涌来的海浪，落在他们的靴子旁。

枕着印花大手帕的两张红脸向上盯着雅各。雅各也向下看着他们。他小心翼翼地抱着木桶，从容地往下一跳，他先是不慌不忙地跑开，可当海浪涌上来时，他已经越跑越快，不得不匆忙闪开翻涌的海浪。海鸥在他眼前忽地飞起，又落在稍远一点的地方。一个粗壮的黑女人正在沙滩上坐着。他朝她跑去。

"阿姨！阿姨！"他气喘吁吁地喊着。

海浪从四面八方向她汹涌袭来。原来她是一块岩石。海藻缠裹着她，受到海浪击打时，便发出噗噗的声响。雅各怅然若失。

他呆呆地站着。脸色缓和下来。他差点狂叫起来，因为他看到在悬崖下面黑色的枝丫和草堆间，躺着一块完整的头骨——可能是牛的头骨，或许上面还残留着牙齿。他仍啜泣着，但已经心不在焉了，他朝白骨跑去，离人形岩越来越远，直到他将头骨抱在怀里。

"他在那儿！"佛兰德斯太太喊道。转瞬之间，她就越过沙滩，来到岩石这边。"他抱着什么？放下，雅各！立刻扔掉！肯定是什么可怕的东西。你为什么不和我们一起？调皮捣蛋的家伙！现在赶紧扔掉。你们两个跟我回去。"她迅速转身，一只手牵起阿彻，另一只手抓住雅各的手臂。但雅各灵活地一蹲，躲闪了过去，接着捡起了散架的羊腭骨。

甩着手提包，握着太阳伞，牵着阿彻的手，还叨念着可怜的柯诺先生被火药炸瞎一只眼睛的故事，佛兰德斯太太急匆匆地走上陡峭的小道，内心深处的一丝不安让她难以释怀。

第一章

在离那对情侣不远的沙滩上,躺着一块没有下颌骨的老羊骨头。干净、洁白、风刷、沙磨,在康沃尔的沙滩上,再也找不出比这更洁净的骸骨了。海滨刺芹将会从它的眼眶长出;它会化成粉末,或许某个晴空万里之日,一些来这里打球的高尔夫球手在打球时会击中它,扬起一些尘土——不,不能在公寓里,佛兰德斯太太暗想着。带着小孩子们来这么远的地方还真是有点棘手。连个帮忙打开婴儿床的人都没有。雅各又那么不好管教。他早已这般倔强了。

当他们走上马路时,佛兰德斯太太说,"把它扔掉,亲爱的,快点。"但雅各挣脱了她的手,远远地跑开了;起风了,她取下帽子的别针,望向大海,再重新别上。风更大了。海浪表现出暴风雨来临前惯有的不安,犹如一个不安分的生灵,期待着雨点如鞭打下。渔船靠向岸边。一道淡黄色的灯光划破紫色的海面,然后熄灭。灯塔亮了。"快点。"贝蒂·佛兰德斯催促着。太阳直射向他们的脸,给那丛颤巍巍地从篱笆里伸出来的大黑莓镀上了金边,他们从旁走过时,阿彻试图折上一枝。

"别磨叽了,小鬼们。你们无计可施了。"贝蒂说道,同时把他们拉到一边,不安地望着这耀眼的夕照下色彩斑斓的大地,花园的温室里突然发出万丈光芒,黄与黑交错变幻,这摄人心魄、生机盎然的色彩使得贝蒂·佛兰德斯心潮澎湃,不由得想起了责任和危险。她抓紧阿彻的手。迈着沉重的步伐走上山丘。

"我让你们记住什么?"她说。

"我不知道。"阿彻说。

"好吧,我也不知道。"贝蒂说道,幽默又明了,当头脑空白,精神充沛,与生俱来的智慧,从古至今的妻子之道,偶尔的三言两语,鲁莽的瞬间,诙谐幽默,以及多愁善感结合在一起时——谁能否认,在这些方面每一个女人都比男人更有优势呢?

先从贝蒂·佛兰德斯说起吧。

她把手扶在花园门上。

"那块肉!"她惊叫着拉下门闩。

她已经忘记那块肉了。

丽贝卡站在窗户旁。

夜晚十点,当一盏大油灯被放在桌子中央时,皮尔斯太太家客厅的空旷便显露无遗。刺眼的灯光落在花园里，径直划过草坪，照亮了一个孩子用的木桶和一株紫菀，一直射到篱笆上。佛兰德斯太太把她的针线活留在桌子上。桌上放着她那大卷的白棉线、金属框眼镜、针线盒、她那缠绕着旧明信片的棕色毛线。还有一些香蒲和几本《海滨》杂志，以及被孩子们的靴子踩得沾满沙子的油毡。一只长腿蚊子在角落里飞来飞去，撞上了灯泡。风夹杂着雨水径直刷过窗户，水滴穿过灯光时闪烁着银光。一片孤独的叶子急促而持续地拍打着窗户的玻璃。海上刮起了飓风。

阿彻难以入眠。

佛兰德斯太太弯下腰。"想想那些小精灵，"贝蒂·佛兰德斯安慰道，"想想那些待在鸟巢中可爱的小鸟们。现在闭上你的眼睛，看那叼着小虫的鸟妈妈，现在转过身，闭上眼睛，"她喃喃说道，"闭上眼睛。"

这间出租屋仿佛充满了水声，汩汩流淌、唰唰作响；蓄水池的水正在溢出；水不断冒泡，发出噗噗声响，沿着管道一直流，从窗户上淌了下来。

"怎么水都涌进来了？"阿彻嘀咕着。

"只不过是洗澡水在流而已。"佛兰德斯太太说道。

门外啪的一声。

"那艘船不会沉吧?"阿彻说着,睁开了眼睛。

"当然不会了,"佛兰德斯太太否认道,"船长早就睡觉去了。闭上你的眼睛,然后想想那些在花丛中熟睡的小精灵。"

"我还以为这么大的风雨,他肯定会睡不着呢。"她小声对丽贝卡说,丽贝卡在隔壁的小房间里,弯着腰坐在一盏酒精灯前。门外风声呼呼作响。但屋内酒精灯的小火苗安静地燃烧着,床沿立着一本书,挡住了光线。

"他吃奶吃得好吗?"佛兰德斯太太低语,丽贝卡点点头,走向婴儿床,往下拉了拉被子,佛兰德斯太太弯下腰,焦虑地看着这个熟睡着仍眉头紧蹙的婴儿。窗户摇动起来,丽贝卡像猫一般悄无声息地走向窗户,将其锁紧。

两个女人在酒精灯旁窃窃私语,商量着如何让孩子安静下来,如何能洗好奶瓶。这时,狂风怒卷,倏然将窗户廉价的插销咔地锁紧。

两个女人都同时扭头往婴儿床看去。她们噘了噘嘴。

第一章

佛兰德斯太太走到婴儿床边。

"睡着了？"丽贝卡看着婴儿床，小声问道。

佛兰德斯太太点点头。

"晚安，丽贝卡。"佛兰德斯太太轻声说道，丽贝卡称她为"夫人"，尽管她们是一起策划哄婴儿好好吃奶的伎俩的阴谋家。

佛兰德斯太太一直亮着客厅的灯，那儿还摆着她的眼镜、她的针线活，还有一封盖着斯卡伯勒邮戳的信。她也没有拉上窗帘。

灯光射过草坪，落在孩子用金丝缠绕的绿木桶上，落在木桶旁剧烈颤动的紫菀上。狂风呼啸着冲过海岸，猛地撞向山丘，翻滚着，又卷过来。它是怎样在这山谷中的城镇里肆意妄为啊！港湾中的灯火、卧室窗户里高高悬挂的灯光，在它的怒卷之下，又是如何地颤抖啊！狂风又卷起滚滚黑浪，以雷电般的速度向大西洋扫去，刮得轮船上空的星星摇摆不定。

客厅突然传来咔嚓一声。皮尔斯先生熄灯了。花园凭空消失了。漆黑一片。每寸土地都被雨水浇透。每片叶子都被雨水打弯了腰。暴雨会让人们紧闭双眼。躺着的人只能看见一片狼藉——不停翻滚的云层，以及黑暗中隐约的黄色与硫黄色。

睡在前面卧室的小男孩已经踢掉了他们的被子，只盖着被单。天气热极了，空气极其闷热和潮湿。阿彻四仰八叉地躺着，一只手臂还横放在枕头上。他脸色通红；当厚窗帘稍微被吹开一点时，他转了个身，眼睛半眯半睁。实际上，风掀开了抽屉上的布，漏进了一丝光亮，因此抽屉锋利的边角依稀可见，风扶摇而上，直到一块白色的影子鼓了起来；镜子里反射出一道银光。

靠门的另一张床上，雅各睡得很熟，毫无知觉。那块长着黄色牙齿的羊腭骨躺在他的脚边。他早已把它踢到床的铁栏杆旁了。

凌晨时分，风不再猛烈，可外面雨势渐长，倾盆而下、掷地有力。花园里的紫菀被雨水打得贴在地上，那个孩子用的木桶装了半桶水；白壳螃蟹绕着桶底缓缓地爬行，试图用它那无力的蟹腿爬上陡峭的桶壁，屡试屡败，屡败屡试。

第二章

"佛兰德斯太太"——"可怜的贝蒂·佛兰德斯"——"亲爱的贝蒂"——"她依然那么动人"——"真奇怪,她怎么就没再结婚了呢!""确实是有个巴富特上尉——每周三都会来拜访她,雷打不动,而且从来不带他的妻子。"

"那就要怪埃伦·巴富特了,"斯卡伯勒的妇女们议论道,"她从来不给自己添麻烦。"

"男人们都想要个自己的儿子——这我们都晓得。"

"有些肿瘤是一定要切掉的;但我妈妈那种,只能一年又一年地忍受病痛折磨,当你卧病在床时,甚至没有人愿意为你端一杯茶。"

(巴富特太太是个病人。)

伊丽莎白·佛兰德斯[①]是个中年寡妇,难免成为人们茶

---

① 伊丽莎白是正式名称,贝蒂是其昵称。

余饭后的谈资。过去有人说,以后还会有人说。她才四十岁出头。岁月流逝,悲痛相继而来;丈夫西布鲁克撒手人寰;撇下三个男孩需要她照顾;家境贫寒;一所在斯卡伯勒郊外的房子;她可怜的哥哥莫蒂亦是贫困潦倒,可能早已离开人世了——他在哪里?他干什么营生?她把手遮在眼睛上方,沿着巴富特上尉来的路眺望——是的,他来了,像以往一样准时;上尉的关心让贝蒂·佛兰德斯愈加成熟,令她体态丰满、春风满面,她会无缘无故地热泪盈眶,这样的情形人们一天可能看得到两三次。

确实,为自己的丈夫哭泣无可厚非,墓碑虽然很寻常,但十分坚固,夏日里,当这位寡妇领着自己的孩子站在墓碑前时,人们会对她油然生出爱怜之心。行礼时,帽子举得比平常更高;妻子挽着她们丈夫的手臂。西布鲁克埋在六英尺之下的土地里,已经逝世多年了;睡在三层棺椁里,缝隙用铅封住了。倘若泥土和棺木变成了玻璃,无疑他的脸会清晰可见,那是一张年轻的脸庞,留着胡须,五官端正。他出去打野鸭时,从不换靴子。

"本市商人。"墓碑上写着;然而也不知为何贝蒂·佛兰德斯要这样称呼他,就像很多人依然记得的那样,他只在办公室的窗户后面坐过三个月,在此之前,他训练过马,带着狗去狩猎,种过几亩地,养了几口牲畜——唉,她总得给他一个称呼吧,为孩子们树个榜样。

难道他生前就什么都不是吗?这个问题无法回答,尽管送葬人没有合上尸体眼睛的习惯,他们眼里的亮光也会稍纵即逝。一开始,他是她生命的一部分;现在,他成了这洪流的一员,消失在绿草茵茵之所,埋藏在倾斜的山坡下,回归于成千上万的白石碑里——有的倾斜着,有的直竖着,融入了腐朽的花圈里,依附在发绿的锡质十字架上,辗转在狭窄的黄色小道上,飘浮于四月低垂在教堂墓园墙头的丁香花上,花香中夹杂着病房的味道。如今西布鲁克就是这里的一切;当她挽起裙摆去喂鸡时,听见了做礼拜或者葬礼的钟声,那就是西布鲁克的声音——故人之音。

那只公鸡总是会飞到她的肩上去啄她的脖子,所以现在她去喂鸡时,就会拿着棍子或者带着小孩。

"妈妈,你不喜欢我的刀子吗?"阿彻说道。

钟声与他的声音同时发出,生死交错,难解难分,令人振奋。

"对于一个小男孩而言,这刀可真大啊!"她说。为了让他开心,她接过了那把刀。这时,公鸡突然从鸡窝中跑了出来,佛兰德斯太太一边叫阿彻关上通向菜园的门,一边放下手中的鸡食,咯咯地喊着叫母鸡过来吃,一边又在果园里忙得不可开交,而这一切都被对面正朝墙壁拍打垫子的克兰奇太太看在眼里,她提着垫子同隔壁的佩奇太太说,佛兰德斯太太正在菜园喂鸡。

佩奇太太、克兰奇太太和加菲特太太都可以看到佛兰德斯太太在菜园里忙活,因为那菜园是道兹山上圈出来的一块地;而道兹山俯视着下面的山庄。它的重要性无以言表。它是皇天后土;它顶天立地;人们终生在这个村子里度过,目所能及的极限就是这座山峰,有些人仅仅到克里米亚去打仗时才离开过一次,比如那位靠在花园门边抽烟斗的老乔治·加菲特。太阳的轨迹依靠道兹山测量,它亦是判断天色明暗的标准。

"这会儿,她和小约翰上山去了。"克兰奇太太对加菲特太太说着,最后一次拍了拍垫子,走进屋里忙活了。

第二章

佛兰德斯太太打开菜园门,牵着小约翰的手,朝着道兹山顶走去。阿彻和雅各一会儿跑在前面,一会儿又落到后面;当她到达山顶时,他们都在罗马堡垒那儿了,还喊着会在海湾看到什么船只。眼前的景象壮观非常——前方是大海,后头是荒原,整个斯卡伯勒从这一块到另一端平整地呈现在眼前,像是一块拼图。已经开始发福的佛兰德斯太太坐在堡垒处,环顾四周。

她对整个景致的变化了如指掌;春夏秋冬不同的景色;暴风雨如何在海里卷起;风云变幻之时,荒原又是如何战栗生辉;她应该已经注意到那片正在建别墅的红色区域,以及交错纵横的田地;阳光下的小玻璃房闪耀出钻石般的光芒。又或者,假如她没有留意到这些细节,她可能就会把她的想象力转移到日落时分金光璀璨的海面上,思考着大海如何用灿烂的波浪冲刷着鹅卵石。小型游艇涌进大海,码头的黑色臂膀将大海揽在怀里。整个城市泛着粉金色,穹隆盖顶,云雾缭绕,空谷回响。班卓琴漫不经心地弹奏着;散步的人群散发出沥青的味道,他们的鞋跟上沾着沥青;山羊们突然慢条斯理地跑过人群。可见政府将花坛布置得多么合理。有时草帽会被风吹掉。郁金香在阳光下绽放。一排排宽松的裤子在沙滩上铺开。紫色的顶篷遮住了那一张张枕在轮椅靠垫上的柔软、绯红、烦怨的脸。身穿白色外套的男子们用车推着三角形的广告牌前进。乔治·博厄斯船长捕获了一只巨鲨。广告牌的一面用红色、蓝色和黄色写了字,每一行都以三种不同颜色的感叹号结尾。

那便成了一个去水族馆的理由,灰黄色的窗帘、盐卤的腐败气味、竹编椅子、摆有烟灰缸的桌子、转着圈儿的游鱼,在六七个巧克力箱子后面干针线活的管理员(她常常和鱼儿孤单地待在一起,一待就是好几小时)作为那只巨鲨的一部分,留在人们的脑海里,鲨鱼本身只不过是一个松松垮垮的黄色容器,就像一只泡在水池里的空旅行箱包。水族馆无法取悦任何人;当刚刚抵达的人们得知进码头必须排队时,脸上暗淡的神色便一扫而光。穿过旋转门,每个人都飞快地迈着步子;有些在这个展间旁驻足,有些在那个展间旁流连。

而最终把他们吸引过来的是一支乐队,甚至下码头的渔民也在能听到音乐的地方占位置。

第二章

　　那支乐队在摩尔式亭台上演奏。九号乐章响起。这是一首华尔兹舞曲。脸色苍白的女孩们、那位老寡妇、三个寄宿在同一间房子的犹太人们、那个花花公子、那位少校、那个马贩子,以及那位经济独立的绅士,脸上都带着模糊、麻木的神情,透过脚下木板的缝隙,他们能看到夏季碧绿的波浪正平静可亲地在码头的铁柱周围荡漾。

　　但有时候一切都消失得无影无踪(倚着栏杆的那个年轻人想到)。盯住那名女士的裙子,那条灰色就行——下面是粉红色的丝袜。裙子的样式变化无常;裙褶垂到脚踝处——九十年代流行的款式;变宽了一点——七十年代的款式;如今裙身呈现出亮闪闪的红色,并在衬裙上伸展开来——六十年代的潮流;一只穿着白色长筒袜的黑色小脚露了出来。还在那里待着吗?是的——她还在码头那处。现在长筒丝袜上印着玫瑰花纹,但不知为何,人们再也不能看得如此清晰了。我们的脚下没有码头。沉重的马车或许在大道上颠簸而行,却没有可停靠的码头,而17世纪的大海是多么昏暗,多么汹涌啊!我们去博物馆吧。炮弹,箭头,罗马古杯以及泛着绿锈的钳子。在四十年代初,贾思帕·弗洛伊德出资在道兹山的罗马堡垒里挖出了这些——看看这张字迹模糊的小标签。

而如今,斯卡伯勒还有什么可看的呢?

佛兰德斯太太坐在罗马堡垒的圆台上缝雅各的裤脚;只有在咬断棉线,或者有昆虫飞到她的耳边嗡嗡而过时,她才会抬头看一眼。

约翰不停地跑上来,把他称之为"茶"的青草或枯叶拍到佛兰德斯太太的腿上,她心不在焉地把它们摆整齐,把长花的一端摆到一起,想着阿彻昨晚为何又醒了一次;教堂的钟快了十分钟或者三十分钟;她希望能够买下加菲特的土地。

"约翰,看那些褐色的斑点,那是一片兰花叶子;走,亲爱的。我们必须回家了。阿——彻!雅——各!"

"阿——彻!雅——各!"约翰也跟着她喊,一边以脚踝为轴旋转,一边挥撒着手中的青草和叶子,仿佛他在播种。阿彻和雅各从土墩后跳了出来,他们故意藏在那儿,原本想吓妈妈一大跳,现在他们开始缓缓往家走。

"那是谁?"佛兰德斯太太问道,用手遮在眼睛向上眺望着。

"那个在路上的老人吗?"阿彻往下看了看,说道。

"他不是老人,"佛兰德斯太太说,"他是——不,他不是——我还以为是上尉,原来是弗洛伊德先生。快走吧,孩子们。"

"噢,讨人厌的弗洛伊德先生!"雅各说着,扯掉了一棵蓟草的头,因为他知道弗洛伊德先生是去教他们拉丁文的。弗洛伊德先生出于好心,已经抽空教了他们三年拉丁文了,毕竟佛兰德斯太太在附近也找不到别人来做这种事,她快管教不了这两个年长一点的孩子了,而且也得为入学做准备,大多数牧师都不怎么情愿做这种事,喝完下午茶后过来,或者把他们叫到他家去——只要他能够挤出时间——因为教区非常大,如同他的先父,弗洛伊德先生常去拜访远在蛮荒之处的村庄。此外,同老弗洛伊德先生一样,他还是一位大学者,这更让这件事显得不大可能了——她做梦都没想到会有这样的事情。她早该料到吗?且不论他是位学者,他其实比她小八岁。她认识他的母亲——老弗洛伊德太太。她曾经到她家喝过下午茶。就在那天晚上,她和老弗洛伊德太太喝完下午茶回来后,她在门厅里发现了一张便条,于是在给丽贝卡送鱼的时候顺手捎到了厨房,心想一定是与孩子们有关的事儿。

"弗洛伊德先生自己送过来的,是吗?——我想那奶酪肯定在门厅的袋子里——噢,在门厅里——"她读着便条。不,这不是和孩子们相关的。

"是的,足够明天做鱼饼了——或许巴富特上尉——"她读到了"爱"字。她匆匆走进花园,紧张地读着,倚着胡桃树来稳住自己。她的胸脯上下起伏。西布鲁克的面容清晰地浮现在眼前。她摇摇头,泪眼婆娑地看着在昏黄天空的映衬下摇曳的叶子,这时,三只鹅连飞带跑地穿过草坪,约翰在后面挥着棍子追赶它们。

佛兰德斯太太气红了脸。

"我告诉过你多少遍了?"她大叫着,一把抓住他,夺过他手中的棍子。

"可是它们逃走了!"他嚷着,挣扎着要脱身。

"你也太淘气了。我只告诉过你一遍吗,我已经跟你说过成千上万遍了。不许你去追赶那些鹅!"她说着,把弗洛伊德先生的信揉成一团，抓紧约翰的手，将鹅赶回了园子里。

"我怎么可以想结婚呢！"她用一条锁链拴上门时，痛苦地自言自语。那晚孩子们都睡了，她想着弗洛伊德先生的容貌，觉得自己从不喜欢留着红头发的男人。她推开针线盒，拿来一张吸墨纸，把弗洛伊德先生的信又读了一遍，当她读到"爱"字时，她的心七上八下，但这次没那么剧烈了，因为她想起约翰赶鹅的情形，就明白她不可能再和任何人结婚——更不用说是弗洛伊德先生了，他比她年轻那么多，即使他是多么优秀的一个男人——还是位博识的学者。

"亲爱的弗洛伊德先生，"她写道，——"我是不是忘了奶酪？"她寻思着，放下她的笔。不，她已经告诉了丽贝卡那块奶酪在大厅里。"我非常惊讶……"她写道。

但第二天早上，弗洛伊德先生起床后在桌子上发现的信却不是以"我非常惊讶"开头的，那是一封洋溢着母爱，语气谦恭，逻辑不太连贯，深深抱憾的信，弗洛伊德先生将其珍藏了许久；在他和安多弗的威姆布什结婚很久之后；在他离开村庄多年以后。他申请到了菲尔德的一个教区；他派人去请阿彻、雅各和约翰过来道别时,说他们可以在他的书房里任选一件他们喜欢的东西,作为留念。阿彻选了一把裁纸刀,因为他不想选太好的东西;雅各选了一册拜伦诗集;约翰太年幼,做不出合适的决定,就选了弗洛伊德先生的小猫,他的哥哥们都觉得这个选择很不靠谱,但弗洛伊德先生把约翰举了起来说道:"它有着和你一样的皮毛。"接下来,弗洛伊德先生谈到皇家军队(因为阿彻想去参军);讲到拉格比公学(因为雅各要去那里就读);第二天,他收到了一个银制托盘就离开了——先到谢菲尔德,他在那里遇到了威姆布什小姐,她前去拜访她的叔叔,然后到哈克尼——接着去了玛蕾斯菲尔德学院,他当上了那里的院长,最后成为著名的《传教士列传》的编辑,退休后他和妻子儿女搬到了汉普斯特德,经常被人看到他在羊腿池(Leg of Mutton Pond)边喂鸭子。至于佛兰德斯太太的信——有天他怎么找都找不到,也不好问妻子是否把它扔了。日后他在皮卡迪利大街上遇见雅各,愣了两三秒才认出来。而雅各已经长成了一位青年才俊,以至于弗洛伊德先生不想在大街上叫住他。

"天哪,"佛兰德斯太太说道,当她在《斯卡伯勒和哈罗盖特信使》上读到安德鲁·弗洛伊德牧师如何如何，并被任命为玛蕾斯菲尔德学院的院长时，她说，"那一定就是那位弗洛伊德先生。"

淡淡的忧伤笼罩着餐桌。雅各自顾自地抹着果酱，邮递员正在厨房和丽贝卡讲话，一只蜜蜂在那朵朝着敞开的窗户点头的黄花上嗡嗡起舞。也就是说，当可怜的弗洛伊德先生被任命为玛蕾斯菲尔德学院的院长时，他们都是鲜活的。

佛兰德斯太太起身走到壁炉的围栏旁，抚摸着黄玉耳朵后边脖子上的毛。

"可怜的黄玉。"她说道。（因为此时弗洛伊德先生的小猫已经老了，耳朵后边长了一块疥癣，可能这几天就要死了。）

"可怜的老黄玉。"佛兰德斯太太叹道，而老猫正在太阳下伸着懒腰，她不禁莞尔，想着她是怎么把它阉了的，想她为何不喜欢红头发的男人。她浅笑着走进厨房。

雅各掏出一条相当脏的手帕擦了擦脸。他上楼回到了自己的房间。

那只鹿角锹甲虫死得很慢（约翰在收集甲壳虫）。即使到了第二天,它的腿仍然很柔软。而蝴蝶们已经死了。一股臭鸡蛋味熏走了那群浅斑黄蝴蝶,它们冲过花园,飞上道兹山,涌向荒原,消失在荆豆花丛后面,又在炽热的烈日下匆匆飞走了。罗马堡垒里,一只豹纹蝶落在白石头上晒太阳。河谷里传来了教堂的钟声。斯卡伯勒的人都吃着烤牛肉;雅各在离家八英里的三叶草堆里捕捉那些浅斑黄蝶时,正值星期天。

丽贝卡早已在厨房里抓住了那只骷髅头形蛾。

一股刺鼻的樟脑味从蝴蝶盒里散发了出来。

和樟脑味混合在一起的明显是海藻的味道。黄褐色的丝带悬挂在门口。阳光直晒其上。

毋庸置疑,雅各抓着的飞蛾前翅上长着黄褐色的肾型斑点,而后翅上没有弦月斑。他捕到它的那晚,那棵树已经倒了。树林深处突然响起一阵枪声。当他夜深归家时,母亲还把他误当作盗贼。她说,他是唯一一个从不听话的孩子。

莫里斯称之为"一只在湿地或沼泽地发现的土生土长的昆虫"。但有时莫里斯也会出错。雅各偶尔会挑一只极细的钢笔,在书页的空白处做些改正。

树倒了,尽管当夜无风,搁在地上的提灯照亮了碧绿依旧的树叶和枯死的山毛榉叶。那是一个干燥的地方。有一只蟾蜍。那只红色羽翼的蛾子绕着灯光飞舞,忽闪一下,就消失了,它没有再回来,尽管雅各一直等着。十二点过后,他穿过草坪,看到他的母亲坐在亮堂的房间里打发时间。

"你吓到我了!"她惊叫道,还以为发生了什么糟糕的事情。他弄醒了得早早起床的丽贝卡。

他脸色苍白地站在那里,刚从黑暗深处出来,进到热烘烘的屋子里,灯光晃得他直眨眼睛。

不。那不可能是一只浅黄色翅边的飞蛾。

割草机总是要上润滑油。巴尼特把它拖到了雅各的窗户下面,它发出咯吱咯吱的声音,轰然穿过草地,又开始咯吱作响。

天空乌云密布。

太阳又露了出来,耀眼灿烂。

阳光像只眼睛照在马镫上,接着蓦然而又温柔地落在床上、闹钟上和敞开着的蝴蝶盒子上。黄斑蝴蝶飞过荒原,它们曲折地穿过紫色三叶草丛。豹纹蝶沿着灌木树篱招摇而过。蓝蝴蝶停憩在烈日暴晒下的小块骨头残骸上,胥蝶和孔雀蛱蝶饱餐着从老鹰嘴里掉下来的血淋淋的内脏。离家几里之外,他在废墟下方起绒草丛中的凹坑里发现了银纹多角蛱蝶。他看到一只白纹蝶绕着橡树盘旋,越飞越高,而他从来抓不住它。一位独居在高地上的老村妇告诉他,一只紫色的蝴蝶每年夏季都会飞到她的花园里来。她还说,清晨狐崽们会到她的荆豆丛里玩耍。如果在拂晓时分向外看,你总会看到两只獾。有时它们会像男孩打架一样把对方撞翻,她说。

"雅各,你今天下午可不许走太远了,"他的母亲从门外探进头来说,"因为上尉要来告别。"那是复活节假期的最后一天。

星期三就是巴富特上尉来的日子。他穿着整洁的蓝哔叽礼服,挂着他的橡胶头手杖——因为他有点瘸,左手还少了两根手指,这是为祖国效劳的结果——下午四点准时地从那座立着旗杆的房子出发。

三点,推轮椅的狄更斯先生提前接走了巴富特太太。

第二章

"挪挪地儿吧,"在广场上坐了十五分钟后,她对狄更斯先生说,接着又说道,"好了,谢谢你,狄更斯先生。"按照第一个请求,他会找一块有阳光的地方;按照第二个请求,他会把轮椅停在一片有阳光的温暖的地带。

作为一位老住户,他和巴富特太太——詹姆斯·科珀德的女儿有许多共同之处。西街和宽街的交叉路口的那个喷嘴饮水器就是詹姆斯·科珀德捐赠的,他在维多利亚女王登基五十周年大庆时正当着市长,他的画像随处可见:洒水车上,商店的橱窗上,还有律师咨询室的窗户的镀锌遮阳篷上。但是艾伦·巴富特从来没有参观过水族馆(尽管她与捕鲨鱼的博厄斯船长很要好),当有人拿着海报从她的身边走过时,她傲慢地睨视他们,因为她清楚自己永远都不会去看皮埃罗一家、泽诺兄弟或者黛西·巴德和她的海豹表演团。广场上坐着轮椅的艾伦·巴富特是一个囚徒——文明的囚徒——市政厅、绸布店、游泳池和纪念堂在大地上投下一道道阴影,仿佛她牢笼的一根根栏杆倒影在广场上。

作为一个老居民,狄更斯先生会站在她身后一点点的位置,抽着他的烟斗。她会问他一些事情——这些人是什么来头——谁在经营琼斯先生的店铺——然后就是一些关于季节的问题——无论是什么问题,狄更斯先生都尽力去回答——从她的唇齿间吐出的话语就像饼干渣。

她闭上了眼睛。狄更斯先生转了个身。他还没有完全失去自己是一个男人的知觉,即使你看到他朝你走来时,你会注意到一只黑色圆头的靴子如何在另一只靴子前晃来晃去;他的背心和靴子之间怎么有一道黑影;他又是怎样跌跌撞撞地向前倒去,像一匹发现自己突然脱开了车辕而没有拉车的老马。但当狄更斯先生深吸一口烟又把它吐出来时,他眼中流露出自己是一个男人的眼神。他在思索着巴富特上尉此时向快乐山(Mount Pleasant)行进的情形。巴富特上尉,他的雇主。在家中,马厩上面那间小起居室里,窗户上有只金丝雀,女孩们在纺织机旁,狄更斯太太因风湿蜷成一团——虽然他在家里受人轻视,但一想到自己受雇于巴富特上尉,便有了支撑。他倾向于觉得,当他与海滨人行道上的巴富特太太聊天时,他是在帮助正去见佛兰德斯太太的上尉。他,一个男人,照顾着巴富特太太,一个女人。

转过身时，他看到她正与罗杰斯太太聊天。再转回身时，罗杰斯太太已经离开了。于是他回到轮椅旁，巴富特太太问他几点了，他掏出他那块大银表，十分殷勤地回答了巴富特太太，似乎他对于时间以及每一件事都知道得比她多。但是巴富特太太清楚巴富特上尉正在去看佛兰德斯太太的路上。

他确实正在往那走，下了电车，他看见东南面的道兹山，在碧蓝长空的映衬下显得翠绿莹莹，天际雾色弥漫。他朝着山顶前进。尽管他的腿有点跛，步伐中仍不失军人的风度。当贾维斯太太走出教区长宅院大门时，她一眼就瞅见了巴富特上尉，她的纽芬兰狗尼罗缓缓地摇着尾巴。

"噢，巴富特上尉！"贾维斯太太惊叫道。

"你好，贾维斯太太。"上尉回应道。

他们一同前行，当他们走到佛兰德斯太太的家门口时，巴富特上尉摘下他的花呢帽子，彬彬有礼地鞠躬说道：

"再见，贾维斯太太。"

贾维斯太太便独自向前走去。

她要去荒原上散步。深夜之时,她是不是又在草坪上踱步呢?她是否又敲着书房的窗户喊道:"看那月亮,看那月亮,赫伯特!"

赫伯特便抬头看着月亮。

贾维斯太太心情郁闷时,都会去荒原散步,一直走到一个碟形洼地,即使她总想走到一个更远的山脊上;她在那里坐下,从披风下面拿出一本小书,读几行诗,然后四处眺望。她并非很不开心,由于她已经四十五岁了,不大可能会郁郁寡欢到绝望的程度,亦不会如有时她威胁的那样离开她的丈夫,毁掉一个男人的大好前程。

不用说一个牧师的妻子在荒原上散步冒着怎样的风险。矮小的身材,黝黑的皮肤,明亮的双眸,帽子上插着一根野鸡毛,贾维斯太太正是那类身处沼泽就会失去信念的女人——把上帝与宇宙万物混为一谈——但是她从未丧失信仰,从未抛弃丈夫,从未读完过那首诗,她继续在荒原上踱步,凝视着榆树后面的月亮,她坐在斯卡伯勒高处的草地上感受着这一切……是的,是的,当云雀展翅高飞时;当山羊迈着小碎步向前吃草,它们脖子上的铃铛清脆地响起时;当微风徐来又逐渐远去,空留它亲吻过的脸颊时;当下方海上的船只似乎被一只无形的手牵扯着擦肩而过时;当空中传来远处一阵阵的震荡,幽灵般的骑士策马奔腾、猝然而止时;当天际浮蓝泛绿,心潮澎湃之时——贾维斯太太不禁长叹,心想,"要是有人给我……要是我能给谁……"但她不知道自己想给予什么,也不知道何人能给她。

"佛兰德斯太太五分钟前刚出门,上尉。"丽贝卡说道。巴富特上尉坐在扶手椅里等着。他把双肘支在扶手上,两只手搭在一块,跛脚直挺挺地伸出去,旁边放着橡胶头拐杖,一动不动地坐着。他有点死板。他在思考吗?可能只是一些千篇一律的想法吧。但这些想法是"好的"吗?是有趣的吗?他是一个有脾气的男人,固执、忠诚。女人会察觉到,"这里有法律。这里有命令。因此我们必须珍惜这个男人。他总会在夜里立于桥头眺望。"递给他杯子,或者无论什么东西时,总会闪现出沉船和灾难的景象,所有的乘客都一团乱地从船舱里跑出来,上尉还站在那儿,穿着扣得紧紧的双排扣粗呢大衣,和暴风雨搏斗,只有暴风雨才能将他击败。"然而我是一个有情有义的人,"当巴富特上尉突然用一条大红色的手帕擤起鼻涕时,贾维斯太太如此反省,"男人的愚蠢是造成灾难的原因,而我的风暴也正是他的风暴。"……因此当上尉顺道拜访他们时,发现赫伯特不在,就几乎不言不发地在扶手椅上坐了两三个小时。贾维斯太太这样认为,但佛兰德斯太太没有这样想。

"天呐,上尉,"佛兰德斯太太惊呼道,急忙冲进客厅,"我刚才不得不去撵巴克公司的人……我希望丽贝卡……我希望雅各……"

她跑得气喘吁吁,但并不狼狈,她放下从油店主那里买来的炉刷时,嚷着天气炎热,一把将窗户推得更开,将桌布抹平,拿起一本书,仿佛对上尉充满信心、深抱好感,还比他年轻很多似的。确实,系着蓝色围裙的她看上去至多三十五岁。而他早已五十出头了。

她的手在桌子上来来回回地忙活着;上尉的脑袋左摇右晃,不大吱声儿,而贝蒂一直在喋喋不休,他相当轻松自在——已经过去二十年了。

"对了,"他终于开口了,"我收到波尔盖特先生的信了。"

波尔盖特先生的信上说,他最好的建议就是把一个孩子送进大学读书。

"弗洛伊德先生在剑桥……不,在牛津……反正不是这个就是那个。"佛兰德斯太太说道。

她朝窗外望去。窗户很小,满园的淡紫翠绿尽收眼底。

"阿彻表现得很好,"她说,"我有一份来自马克斯韦尔上尉的喜报。"

"我把这封信留下,你让雅各看看。"上尉边说边笨拙地把它塞回信封。

"雅各还是像往常一样去捉蝴蝶了,"佛兰德斯太太烦躁地说道,又被转瞬的念头惊了一下,"对了,这周开始抓蟋蟀了。"

"爱德华·詹金森已经递交了辞呈。"巴富特上尉说。

"那么说你要参加市政会的选举?"佛兰德斯太太惊叫出声,盯着上尉的脸。

"嗯,这件事嘛。"巴富特上尉往扶手椅更里面挪了挪。

于是,雅各·佛兰德斯,在一九〇六年十月份进入剑桥大学。

第三章

车厢门被推开,一个身材魁梧的年轻人跨了进来。"这不是抽烟车厢。"诺曼太太抗议道,语气紧张而无力。他仿佛什么都没有听见。火车只有到了剑桥才会停,而她独自一人被关在一节车厢里,和一个年轻男人待在一起。

她摸了摸梳妆盒的弹扣,确保香水瓶和从穆迪那儿借来的小说都在手边(年轻男子正背对着她站起来,把包放在行李架上)。她决定用右手扔香水瓶,左手拉报警索。她已经五十岁了,有一个上大学的儿子。无论如何,事实就是男人都是危险动物。她读了半栏报纸;然后沿着报纸边缘窥视,通过观察面相这种灵验的方法来确定自己是否安全……她想把自己的报纸借给他看。但是年轻人读《晨邮报》(*Morning Post*)吗?她偷偷看了一眼他在读什么——《每日电讯报》。

扫视过他的袜子(松松垮垮)和领带(破旧不堪),

她再一次将目光挪到他的脸上。她仔细地观察着他的嘴巴。双唇紧闭,眼神朝下,因为他在看报纸。纵然身强体壮,却仍不掩稚气,冷漠淡然,不谙世事——至于要袭击别人!不,不,不!她朝窗外望去,不禁微微浅笑,尔后又收回眼神,他并没有注意她。神情严肃,浑然不觉……此刻他抬起头来,眼神从她身上一扫而过。不知怎的,单独和一位老太太待在一块让他有点不自在,然后他蓝色的眼睛全神贯注地盯着外面的风景。他并没有意识到她的存在,她想。但这里不是吸烟车厢并不是她的错——如果他要埋怨她的话。

谁也没有见过像他这样的人,更不用说与一位陌生的年轻男子面对面坐在火车车厢里的年长妇女。他们看到了一个整体,他们看到了形形色色的事物——他们看到了自己……诺曼太太读了三页诺里斯的小说。她该不该对那位年轻男子说(毕竟他和她的儿子差不多大):"如果你想抽烟的话,不用介意我?"不,他似乎对她的存在毫无兴趣,她不想去打扰。

但因为,即使到了她这个年纪,她还是会在意他的冷淡,可能他在某些方面——至少对她而言——善良、英俊、

第三章

风趣、优秀、结实,就像她的儿子?对于她的描述,人们必须尽力理解。无论如何,这便是十九岁的雅各·佛兰德斯。对人们一概而论是毫无意义的。一个人必须遵循种种暗示,不能仅听其言语,也不能仅观其行为——例如,当火车进站时,佛兰德斯先生打开车厢门,帮她取出梳妆盒,说了句,或更像是害羞地咕哝了句"让我来";在这些方面,他确实笨拙。

"那谁……"那位女士见到儿子后说。但因为站台上人山人海,而且雅各早已离开了,她便没有再往下说。此地是剑桥,她来这里度周末,无论是大街上,还是餐桌旁,她整天看到的都是些小伙子,在她的脑海里,对那位旅伴的印象早已完全消失了,就像是一枚被小孩子扔进许愿井里的别针,打了个转儿就再也看不见了。

人们说天空在何处都别无二致。旅行者、沉船遇难者、流亡者和濒临死亡的人,都从这种想法里得到慰藉,毫无疑问,如果你有神秘主义倾向,安慰,甚至解释,都会从那无损的天空表面倾泻而下。但是在剑桥的上空——总之在国王大学教堂的屋顶上方——却有所不同。在海上,一座伟大的城市将会向黑夜投进一道光芒。如果说皇家学院教堂的裂缝中的天空比别处的更明亮、更稀薄、更灿烂,会不会是异想天开?难道剑桥不仅在黑夜中发亮,而且还在白天发光?

看,当他们进去做礼拜的时候,他们的长袍飘得多么轻盈,仿佛里面没有任何肉体。这是何等如雕刻般的脸庞,何等被虔诚所掌控的可靠和权威,纵使长袍下的大皮靴健步如飞。他们的队伍行进得多整齐啊。粗厚的蜡烛直直地立着,身穿白袍的年轻男子们站了起来,那只驯顺的老鹰①驮着大白书供人们查阅。

一片倾斜的光芒精准地透进每扇窗户,即使是灰尘最多的地方也呈现出紫色和黄色,当它溅射在石头上时,那石头就像被粉笔轻轻地涂上了红色、黄色和紫色。无论白雪还是绿植,寒冬还是酷暑,都对那古旧的彩玻璃束手无策。有了灯罩的保护,即使在狂风暴雨的夜晚,火焰也能安然地燃烧——静静地燃烧着,幽幽地照着树干——教堂里亦

---

① 指读经台上鹰的雕像。

是一切井然。气氛肃穆,风琴会心地应和着,仿佛天籁附和,以支撑人类的信仰。身穿白袍的身影来回穿梭;一会儿走上台阶,一会儿又走下来。一切井然有序。

……如果你在树下放一盏提灯,树林里的昆虫都会爬过来———一场奇特的盛会,因为即使它们四处乱爬、摇摆,用脑袋敲击玻璃,它们似乎也毫无目的——某种莫名的事物驱使着它们。当它们绕着提灯慵懒地蠕动,茫然地敲打着,像是要求进去,时间久了也会叫人看腻味。一只蟾蜍看起来最是入迷,用肩膀挤开其他虫子为自己开路。嗯,那是什么?一连串可怕的枪声响起——尖锐地噼啪作响;声音荡漾开去——死寂慢慢地盖过了枪声。一棵树———一棵树倒了,这是树林中的一类死亡。在此之后,树林中的风声听起来如此忧郁。

但是皇家学院教堂的礼拜仪式——为什么会允许妇女参加?当然,如果心不在焉的话(雅各看起来极度魂不守舍,他的头后仰着,赞美诗翻错了页),如果心不在焉的话[1],

---

[1] 原文如此。

那是因为铺着灯芯草垫的椅子上正展览着几家帽子铺和一柜柜五颜六色的衣裙,即使身心都非常虔诚,但每个人口味不一——有些人喜欢蓝色,有些人喜欢棕色;有的人喜欢羽毛,有的人则喜欢三色堇和勿忘我。没有人会想到带狗进教堂。因为尽管狗会安然地走在砾石路上,也不会对花无礼,但当它在教堂的过道上张望,抬起爪子靠近一根石柱,其目的会让人惊恐万分(假如你是会众人员之一——独自一人,不可能会感到难为情),一只狗会完全毁坏了礼拜。妇女们也是如此——尽管她们都十分虔诚、优秀,有她们丈夫的神学、数学、拉丁文和希腊语知识做担保。天晓得为何会这样。首先,雅各寻思着,她们奇丑无比。

此时传来一阵刮擦声和低语叙叙声。他与蒂米·达兰特的目光交织在一起;她非常严厉地盯着他;接着,非常严肃地眨了眨眼。

在去往格顿学院的路上有一座别墅叫"韦佛利",并不是普卢默先生崇拜司各特或者想要取个名字,而是当你不得不款待大学生时,名字总是有用的。在星期天的午餐时间,他们坐着等第四个学生时,便谈起了大门上面的名字。

"无聊透顶,"普卢默太太贸然打断了谈话,"有人认识佛兰德斯先生吗?"

达芬特先生认识他,因而脸微微一红,有点尴尬地表示肯定——说话的时候,一边看着普卢默先生,一边摆弄着右边的裤腿。普卢默先生起身走到壁炉前站着。普卢默太太像个直爽的小伙子一样笑了起来。总之,没有比这景象、这布置、这景色,乃至这死气沉沉的五月花园、这抹正巧遮蔽了阳光的乌云更令人心惊胆战的了。当然,那里就是花园,每个人都不约而同地望向它,由于那抹乌云,树叶在层层阴郁中颤动,还有麻雀——那里有两只麻雀。

"我认为。"普卢默太太说道,趁着小伙子们凝视花园的当儿,利用这短暂的一瞬瞅了眼她的丈夫,普卢默先生尽管并不对这种行为全盘买单,但还是按了门铃。

这种浪费人生中的一小时的行为是不可饶恕的,除了普卢默先生在切羊肉时产生的种种想法:如果导师从不举办这种午餐聚会,如果星期天的时间不停地白白流逝,如果学生毕业了,成为律师、医生、议员、商人,如果导师从不举办这种午餐聚会。

"你说,是羊肉烹制了薄荷酱呢,还是薄荷酱烹制了羊肉?"他问身边的一位年轻男子,以打破持续了五分半钟的沉默。

"我不知道,先生。"年轻男子回答道,脸红得厉害。

就在这时,佛兰德斯先生来了。他记错了时间。

现在,尽管他们都已经吃完了肉,普卢默太太又吃起一份卷心菜。当然雅各决定在她吃卷心菜的时间里把肉给吃完,他看了她一两眼,以便掌握自己的速度——只是他真的饿坏了。看到这种情况,普卢默太太说她相信佛兰德斯先生肯定不会介意——于是甜果馅饼端上来了。普卢默太太用特殊的方式点了点头,示意女仆给佛兰德斯先生上第二份羊肉。她瞟了眼那块羊肉。午餐用的羊腿没有多少了。

这不是她的错——因为她怎能阻止父亲四十年前在曼彻斯特郊区把她生出来呢?而一旦出生,她又怎么能够不斤斤计较、野心勃勃地成长,对社会阶层的梯级有种与生俱来的精准概念,像蚂蚁一样坚持不懈地把身前的乔治·普卢默推向阶级的顶端呢?阶级的顶端是什么?一种万人之上的感觉;因为当普卢默先生成为物理学专家,或者无论什么专家的时候,普卢默太太只能紧紧抱住她的丈夫,俯视地面,鞭策两个平凡的女儿沿着梯级往上爬。

"昨天我在赛马会上输了,"她说道,"还带着我的两个小女儿。"

这也不是她们的错。她们走进客厅,身穿白连衣裙,系着蓝腰带。她们给大家递香烟。罗达遗传了她父亲冰冷的灰色瞳孔。尽管乔治·普卢默有着一双冷漠的灰眼睛,但其中闪耀着高深莫测的光芒。无论是波斯和信风,还是选举法修正案和丰收周期,他都能侃侃而谈。他的书架上全是威尔斯和萧伯纳的著作;桌子上放着六便士一本的严肃周刊,是那些脸色苍白、穿着泥靴的撰稿人写的——每个星期都把大脑放入冰水里洗过然后嘎吱拧干——榨出忧郁的文章。

"直到读了这两位的大作,我才觉得自己明白了真理!"普卢默太太愉悦地说着,用赤裸的红手轻敲桌上的目录,手上的戒指显得格格不入。

"噢,天呐,天呐,天呐!"四个大学生离开那所房子时,雅各大声疾呼,"噢,我的苍天呐!"

"真是糟糕透顶了!"他说着,眼睛扫视街道,寻觅着丁香花或者自行车——任何能够恢复他自由感的事物。

"真是糟糕透顶了。"他对蒂米·达兰特先生说,总结着他对用午餐时周围环境的不满,一个能够存在的世界——这一点毋庸置疑——但毫无意义,竟会相信这样的事情——萧伯纳和威尔斯,以及那些六便士一本的严肃周刊!这些上年纪的人在消灭、拆除这些书籍之后还要做什么呢?难道他们从不读荷马、莎士比亚以及伊丽莎白时代的著作?他看到此刻的情况与他从青春和天性中汲取的感情形成了明显的反差。那些可怜的人们拼凑出了这么个蹩脚的东西。然而他还是心生怜悯。那两个可怜的小女孩——

他担忧的程度足以证明他已经急不可耐了。他是如此傲慢和不谙世事,但他深信老一辈在地平线上建起的这座城市,在红黄色火光的映衬下,以砖建的郊区、兵营和管教所的形态呈现出来。他天性敏感,但这种说法与他掬着手挡风划火柴时表现出来的镇静相矛盾。他是一个殷实的年轻人。

无论是大学生还是店铺的伙计,男人还是女人,在

第三章

二十多岁的年纪都会感到很不可思议——这是一个老人的世界——它那黑压压的轮廓在我们之上崛起；在现实之上；荒原和拜伦；大海和灯塔；残留着黄牙的羊腭骨；在那年轻一代令人厌恶的冥顽不灵、无法压制的信念之上——"我就是我，要做自己，"世界上不会再有形式，除非雅各自己造一个出来。普卢默夫妇会试图阻止他这样做。威尔斯、萧伯纳和六便士一本的严肃周刊也会压制这种苗头。每当他周日外出吃饭时——无论晚宴还是茶会——都会产生相同的诧异、恐惧、不适，然后是愉悦，因为他沿着河流每走一步，他都在汲取着那种坚定的信念，从四面八方获得慰藉，树木在弯腰示意，灰色的塔尖在蓝天映衬下变得柔软，人声鼎沸，又像在空中悬浮着，五月潮湿的空气，夹杂着颗粒的轻快的风——板栗花、花粉，无论什么给予了五月的空气活力的事物，都使树木日渐葱茏，催嫩芽分泌胶脂，涂绿地草色茵茵。河水流逝，既没有洪水的波涛汹涌，也不似激流的一泻千里，只不过厌烦了不停浸入水中，又从桨叶上淌下晶莹露珠的船桨，碧绿的河水深深地漫过弯腰的灯芯草，仿佛在尽兴爱抚它们。

他们泊船之处枝蔓披垂，树梢的叶片在水面拖曳起阵阵涟漪，水中那块由树叶做成的绿楔子随之微微摇动。倏忽一阵风起——天空顿时露出了一角；达兰特正吃着樱桃，并将没熟的黄樱桃扔到了那簇楔形的树叶里，叶柄在水中忽上忽下时熠熠生光，有时一颗咬了一半的樱桃被扔到水中，成为一池碧绿中的一点红色。雅各仰面躺着时，视线刚好与草地平行；尽管被金凤花镀了一层金，但这里的草地仍然绿意葱茏，并不像墓园里那片稀薄的碧绿草一般，肆意蔓延，甚至快要淹没墓碑。他往上看，向后瞧，看到孩子们淹没在草丛中的腿，还有奶牛的腿。他听到了咀嚼草叶的声音；然后在草坪上走了一小步；又听到了大声咀嚼的声音；它们像是在扯着草根。他面前有两只白色的蝴蝶，绕着榆树越飞越高。

"雅各有点奇怪。"达兰特心想，从他的小说中抬起眼来。他每读几页，就极有规律地抬起头来，然后顺手从袋子里拿出几颗樱桃，心不在焉地吃掉。别的船只从他们旁边经过，他们都要左拐右拐地划着水，生怕碰到彼此，因为现在有很多船在河面上停泊着，此时两棵树之间的一线天幕中出现了翩翩白裙和一道裂痕,树上萦绕着缕缕蓝烟——米勒小姐的野餐聚会。不断有船向这边划来,达兰特没有起身,把船往河岸划去。

"噢——噢——"当船只摇摆、树木晃动时,雅各吆喝着,那些洁白的裙子和法兰绒裤子长长地伸出来,晃晃悠悠上了岸。

"噢——噢——!"他坐起来,有种橡皮筋在脸上弹了一下的感觉。

"他们是我母亲的朋友,"达兰特说道,"所以鲍老先生对他的船尤为上心。"

这条船沿着海岸从法尔茅思驶到了圣艾夫斯湾。一条更大的船,一条十吨的游轮,大概会在六月二十号准备好,达兰特说……

"经济上有点困难。"雅各说。

"我的家人会解决的。"达兰特(一位已故银行家的儿子)说。

"但我还是想保持经济独立。"雅各生硬地说道。(他变得有点激动。)

"我母亲说过一些关于去哈洛加特的话。"他摸着那只装信的口袋,有点不耐烦地说。

"你舅舅成为伊斯兰教徒的事是真的吗?"蒂米·达兰特问。

昨天晚上,雅各在达兰特的房间里讲了他的舅舅莫蒂的事情。

"我估计他现在在喂鲨鱼,如果人们知道真相的话,"雅各说道,"我说,达兰特,樱桃都吃完了!"他喊着,将装樱桃的袋子揉成一团,扔进了河里。他扔袋子时,看到米勒小姐在岸上举办野餐聚会。

一种尴尬、暴躁、阴郁的神情出现在他的眼睛里。

"我们可以继续前进吗……这群讨厌的人……"他说道。

于是他们逆流而上,绕过了小岛。

轻柔皎洁的月亮从未让天空变得黯淡,白皙的板栗花整夜在绿草中绽放,草坪上的峨参显得朦朦胧胧的。

三一学院的侍者肯定在像洗牌一样清洗瓷盘,哗啦啦的声音在大院都能听见。然而雅各的房间在内维尔院的楼顶;因此走到他的门前让人有点喘不过气;但他不在那儿,可能在食堂吃饭。午夜来临之前,内维尔院就已经伸手不见五指了,只有对面的那根柱子始终泛着白光,喷泉也是如此。那扇大门有种奇特的效果,就像是浅绿色草地上的花边。即使隔着窗户,也能听见杯盘的声响;还有用餐者嗡嗡的说话声;食堂里灯火通明,旋转门开开合合,发出轻微的碰撞声。有些人来晚了。

雅各的房间有一张圆桌和两把矮椅。壁炉上的罐子里插着几支黄鸢尾;一张他母亲的照片;各种社团的名片,上面画着新月花纹、纹章,以及名称的首字母;笔记本和烟斗;桌子上放着红边的稿纸——无疑是一篇论文——《历史是由伟人的传记构成的吗?》,那里放着许多书;法语书寥寥无几;但任何一个有价值的人都只读他感兴趣的书,随心所欲,乘兴而读。比如威灵顿公爵的传记;斯宾诺莎;狄更斯的著作;《仙后》;一本希腊词典,书页间还夹着压得如丝绸般的罂粟花瓣;伊丽莎白时代的所有著作。他的拖鞋相当破旧,像被火烧到边边的船只。再有就是几张希腊人送的照片,一幅出自乔舒亚爵士之手的铜版画——满满的英国风情,还有简·奥斯丁的作品。或许是为了迎合别人的口味，卡莱尔的书是件奖品。还有些关于文艺复兴时期意大利画家的书籍，一本《马病手册》，以及各种通用的教科书。空荡荡的房间里，空气也是死气沉沉的，风无力地鼓吹着窗帘；罐子里的花朵微微一颤。藤椅上的一根藤条嘎吱作响，尽管没人坐在上面。

一位老人稍靠着边走下阶梯（雅各坐在窗户旁和达兰特闲聊；他抽着烟，达兰特在看地图），他把双手背在身后，黑袍飘飘，步履蹒跚，摇摇晃晃，紧贴墙壁；然后又走上楼回到自己的房间。另一位老人挥起手赞叹那根石柱、大门、天空；又有一位老人脚步轻盈，洋洋得意。他们各自上了楼；黑暗的窗户里亮起了三盏灯。

如果剑桥的楼上亮起了灯，肯定是那三盏灯；希腊文在这里发亮；科学在另一边生光；哲学则在一楼散发光芒。可怜的老赫克斯塔布尔无法笔直地走路；索普威思这二十多年来一直在赞美晚上的星空；科恩依然对着同样的故事发笑。学问这盏灯并不简单，也不纯粹，也不完全光彩夺目，因为如果你看到他们身处灯光下（无论墙上挂的是罗赛蒂的作品，还是凡·高的复制品，不管盆子里是丁香花，

第三章

还是生锈的烟斗），他们看起来多么神圣！多么像一处你去看风景并品尝美味蛋糕的郊外！"我们是这种蛋糕的唯一供给商。"然后你回到伦敦，因为款待已经结束了。

老赫克斯塔布尔教授准时换好了衣服，然后坐在椅子里；把烟斗装满；选好报纸；跷着二郎腿；拿出眼镜。脸上的肉塌成一堆褶子，仿佛支架被撤走了似的。即使把一节地铁车厢全部座位的上端都拆掉，老赫克斯塔布尔的脑袋也能装得下。此刻，他的目光随着印刷字往下阅览，思想在他大脑的走廊里进行着轰轰烈烈的游行，整齐划一、步伐紧促、刚劲有力，前进的过程中，不断有新鲜的支流补充进来，直到整个大厅、圆顶，不管你叫它什么，都挤满了思想。这种思想的集结不会出现在别的大脑里。然而有时他一坐就是好几个小时，紧紧抓着椅子的扶手，像一个因身临困境，或者仅仅因为鸡眼发出阵痛，抑或痛风发作而攥得死死的人，天哪，听他谈钱是多么令人恼火，他拿出皮革钱包，连最小的银币都不情愿给，鬼鬼祟祟、疑神疑鬼，像个满嘴谎言的农村老妇。奇怪的麻木和抠门——绝妙的说明。宁静爬满了他的额头，有时在昏昏欲睡之际，或者夜深人静的夜晚,想象一下,他枕着石头,洋洋得意。

这时,索普威思迈着奇怪的轻快步伐从壁炉旁走上前来,将巧克力蛋糕切成小块。直到午夜或者更晚,都有大学生在他的房间,有时多达十二个,有时只有三四个;但有人离开或进来时,无人起身送迎;索普威思一个劲儿地讲,讲啊,讲啊,讲——似乎所有事情都能拿来说——灵魂从嘴唇间滑进了薄银盘里,银盘如银子、如月光一般融入了年轻男子的头脑里。欸,即使是远走高飞后,他们还是会记得它,在迷茫之时回眸凝望它,从而再一次使自己振作起来。

"哼,我决不。老查克来了。我的好小子,最近过得如何?"可怜的小查克进来了,那个一事无成的外地人,真名是斯腾豪斯,当然索普威思千方百计将思绪引了回来,"我永远不会"——是的,尽管第二天,他买了报纸,赶上了早班的火车,在他看来这一切都很幼稚、很荒唐;巧克力蛋糕,小伙子们;索普威思把所有事情总结一番;不,不尽然;他要送他的儿子去那儿。他要攒下每一分钱送他的儿子去那里。

索普威思滔滔不绝地讲着,将笨拙的言辞中僵硬的纤维——年轻男子不假思索说出来的东西搓捻起来——编在自己平滑的花环周围,展现出最夺目的一面,那生机盎然的绿叶,那锋利的荆棘,充满男子气概。他热爱这样做,其实在索普威思看来,人应当无话不说,可能直到他垂垂老矣、离开人世了,那时银盘的叮当声会变得空洞,碑文读起来过于简单,古老的标记看起来太过苍白,而印记亘古不变——一个希腊男孩的头像——但他仍然会尊敬。而一个女人窥探这位牧师时,则会出自本能地鄙视。

科恩,伊拉斯谟·科恩,或独酌,或与一位和他有着同一段时间的共同记忆的脸色红润的小个子男人对饮,喝着他的酒,讲述着他的故事,背诵着拉丁文的维吉尔和卡图卢斯的文章,仿佛语言就是他唇上的佳酿。只是——有时会有这么一个想法——如果诗人迈了进来会怎么样?"这是我的形象?"他可能会指着那个胖乎乎的男人问道,毕竟在我们之中,这个男人的脑袋是维尔吉的代表,尽管他暴饮暴食,但也会说说武器、蜂蜜,乃至耕犁[①],科恩在国

---

① 古罗马诗人维吉尔(Publius Vergilius Maro,公元前70年—公元前19年),他的《农事诗》有耕种、养蜂的描写。

外旅行时，口袋里装着一本法国小说，膝盖上盖着毛毯，对重回故土、重返老本行感激不尽，他那小镜子上镶有维吉尔的头像，一切都被三一学院导师们的美好故事和葡萄酒的酒色环绕辉映着。但语言就是他唇上的美酒。维吉尔无法在别处听到这样的事。尽管老乌姆菲尔比小姐沿后花园漫步时，将他的诗吟唱得很悦耳也很精准，只是一旦走到克莱尔桥，她总会想起这样一个问题："如果我碰见他，我该穿什么？"——接着，走上通往纽纳姆学院的林荫小道时，她又想象起书上从未写过的男女相会的其他细节。因而，来上她的课的学生还不及科恩的一半，而她本该在阐释课文时说的事情永远都会被漏掉。总之，把学习者的形象摆在一位老师面前时，那面镜子就会破碎。但是科恩呷着葡萄酒，他得意的姿态消失了，不再是维尔吉的代表。不，更像是建筑工人、评审员、检验员；在名字之间划上线，把名单挂在门上。这是光必须照透的纺织物，如果它可以照耀的话——所有语言的光芒，汉语和俄语，波斯语和阿拉伯语，符号和数字之光，历史之光，已知和将知之光。因此如果在晚上，在远处波涛汹涌的海面上，人们看到水面上的一层雾,一座灯火通明的城市,甚至是天空中的一片白光,就像此刻里面仍有人用餐或洗盘子的三一学院食堂上空的光芒,那就是那里燃着的灯光——剑桥之光。

"我们去西米恩的房间看看。"雅各说道,他们商量好了所有事情后,卷起了地图。

院子周围都亮起了灯,灯光洒在鹅卵石上,映衬出几块黑暗的草皮和几朵雏菊。小伙子们现在都回到自己的房间去了。天知道他们在做什么。刚刚落地的是什么东西?他们俯身去看冒着泡沫的窗台花箱,人们停停走走,楼梯上上下下,直到院子里安顿下一种充盈,像挤满了蜜蜂的蜂巢,回巢的蜜蜂载满金银财宝,昏昏欲睡,嗡嗡作响,出其不意高歌一曲;月光奏鸣曲响起,华尔兹随之应和。

月光奏鸣曲的叮咚声渐行渐远,华尔兹也戛然而止。虽然年轻男子依然进进出出,似乎要去赴一场约会。时不时传来砰的一声,好像有什么沉重的家具猝不及防地自己倒了,并不属于晚饭后常有的那种纷乱。想必家具倒下时,年轻人的眼睛会从书本上抬起来。他们在看书吗?空气中无疑弥漫着专注的气息。灰墙后面坐着许多年轻男子,有些无疑是在阅读杂志、廉价的惊险小说；腿大概搭在椅子扶手上面；抽着烟；趴在桌子上写东西，脑袋随着钢笔的移动转着圈，头脑简单的年轻人啊，他们会——但没有必要去想他们变老的事；有的在吃甜点；有的在这里打拳击；呵，霍金斯先生肯定是气疯了，突然推起窗户朝外面大声嚷嚷："约——瑟夫！约——瑟夫！"接着他拼命地跑过院子，这时有一位身系绿色围裙的老者，托着一叠叠锡制的餐具，迟疑了一下，稳了稳步子，然后继续往前走。但这只是个小插曲。躺在浅扶手椅里阅读的年轻男子捧着他们的书，仿佛他们手中是什么能够看透他们的东西；他们都来自内地的城镇，并且是牧师的儿子，都深受折磨。剩下的在读济慈，以及那些卷帙浩繁的史书——为了了解神圣的罗马帝国，有些人现在肯定在像要求的那样从头开始读。这是那种专注的一部分，尽管在一个炎热的春夜，这样做是非常危险的——在雅各随时会推门走进来的情况下，过分专注于一本书正在读的篇章上，也许是危险的；查理德·博纳米不再读济慈了，开始用废弃的报纸做长条的粉红色纸捻儿，他向前弯着身子，脸上急切、满足的神情消失了，反而露出一副凶相。为什么？可能只是因为济慈英年早逝吧。任何人都想要作诗、谈恋爱——噢，这群畜生！真是难乎其难。但是，终究，如果在下一层楼的那个大房间里，有两三个、四五个年轻男子都相信这点——相信兽性，相信正确和错误之间有明显的界线，也就没有那么难了。那里有一张沙发，几把椅子，一张方形桌子，还有敞开的窗户，别人可以看到他们的坐姿——这里伸着几条腿，沙发的角落蜷着一个人，或许有人站在壁炉边说话，但是你看不见他。无论如何，雅各跨坐在椅子上，从长盒子里拿枣子吃，突然扑哧大笑起来。沙发的一角传来回应，他的烟斗在空中悬着，然后放回原处。雅各转了个身。对于刚刚那个回答，他有些话要讲，尽管那位身材强壮的红发男子慢慢地摆头，似乎并不赞同；接着掏出他的小刀，一次又一次地往桌上的缝隙中刺去，似乎要证明从壁炉旁传来的声音说的是真理——这点雅各无法否认。可能等他整理好枣核后，会发现对此他还有话说——他的嘴唇确实张开了，只是后来爆发出一阵狂笑。

笑声在空中消散了。站在教堂旁的人很难听到这声音，因为教堂坐落在院子的对面。笑声消散了,只能看到房间里手臂挥舞,身影移动,在鼓捣着什么。是在争论吗?是在打赌船赛吗?难道不是这类事情?在昏暗的房间里,动来动去地搞什么名堂呢?

窗外一两步之内的地方什么都没有,除了周围的建筑物——直指天空的烟囱,平坦的屋顶;也许对于一个五月的夜晚来说,砖块和建筑太多了些。然后,你眼前会浮现出光秃秃的土耳其山丘——清晰的轮廓,干燥的土壤,缤纷的花朵,还有女人肩膀上的色彩,她们赤脚站在河中,在石头上捶打衣服。流水在她们脚踝处打着旋儿。但在剑桥的黑夜的笼罩之下,一切都是朦胧一片。连敲钟声都变得低沉;似乎是从讲坛中传来的虔诚的吟诵;仿佛历代学人听到最后一小时从他们的队列中翻滚而过,便把它放走了,带着他们的祝福,因被世人利用,早已磨得光滑又陈旧。

年轻男子走到窗户旁,站在那儿,放眼望向整个院子,是为了接受这份来自过去的礼物吗?那是雅各。他站着抽烟斗,最后一声敲钟声在他周围轻柔地回荡。可能之前发生过一场争吵。他看上去心满意足,事实上已经得意扬扬了;他站在那里,表情微微发生变化,钟声传递给他(可能是)一种老建筑和旧时光的感觉。他自己就是继承人,明天,朋友;一想到他们,似乎就有了绝对的自信和欢喜,他打了个哈欠,伸着懒腰。

与此同时,他们在他身后搞出的那种名堂,无论是不是争吵造成的,那是一种精神方面的境况,坚硬却短暂,就像与教堂中跟深色石头千差万别的玻璃被撞成了碎片。年轻人从椅子上和沙发角落里站了起来,在房间里吵吵闹闹、推推搡搡,一个人把另一个人挤到卧室门上,门承受不住,两人都摔倒了。就剩雅各坐在浅扶手椅里,还有马沙姆?安德森?西米恩?噢,是西米恩。其他人都已经走了。

"⋯⋯尤里安这个背教者⋯⋯"他们当中谁这么说了一声,其他的话都含糊不清。但有时到了午夜会刮起一阵大风,像一个蒙面人突然醒来;现在这股风拍打着刮过三一学院,卷起看不见的落叶,刮得天昏地暗。"尤里安这个背教者"——接着便起风了。风窜上榆树枝头,吹鼓着远处的帆,古老的帆船上下颠簸,炎热的印度洋上,灰色的海浪波涛汹涌,随后再一次回归平静。

因此,如果那位蒙面女士穿过三一学院,现在她便裹紧裙子,头靠着柱子,又在打瞌睡了。

"不知为何,这好像很重要。"

那低沉的嗓音来自西米恩。

回应他的声音更加低沉。烟斗磕在壁炉上发出的尖锐的声音盖住了话音。也许雅各只是"哼"了一声,或者什么都没说。确实,有些话根本听不见。当人们心心相印时,那是一种密不可分、心有灵犀的境界。

"噢,你好像研究过这个问题。"雅各说着,起身走到西米恩的椅子旁边站住。他稳了稳身子,稍稍晃了一下。他显得喜不自胜,仿佛只要西米恩一开口说话,他的欣喜就会向四面八方溢出。

西米恩默不出声。雅各依旧站着。然而这种密切——房间已经被它填满,平静、深沉,犹如一池水。无须任何动作和言语,它就会缓缓升起,漫过一切。安抚着、燃烧着,为心灵涂上珍珠般洁白的光泽,因此,若你谈论光芒,谈论灯火通明的剑桥,它就不仅仅是语言。它是背教者尤里安。

但雅各走动起来。他轻声地说了句晚安。他走进院子。

他扣上夹克衫胸前的扣子。他走回自己的房间,因为他是唯一在那时回屋的人,所以脚步声显得格外清晰,身影尤显高大。教堂、食堂、图书馆,都回荡着他的脚步声,好似是那块古老的石头回响着庄严的权威:"那个年轻人——那个年轻人——那个年轻人回到了他的房间。"

第四章

何必苦读莎士比亚呢,尤其是这种又小又薄的纸质版本,书页不是被海水黏在一起,就是被弄皱。尽管莎士比亚的戏剧让人赞不绝口,甚至被屡屡引用,地位比古希腊作品还高,然而自出海以来,雅各一本都没有读完过。可这是多好的一个机会啊!

蒂米·达兰特发现锡利群岛如同浮出水面的山峰一般,坐落在正确的位置。他的计算准确无误,实际上,他坐在那儿,把手搭在舵柄上,脸色红润,刚长出一簇胡子,严肃地注视着星空,接着目光回到罗盘上,准确无误地阐述着永恒的教科书上他看过的一页,这个时候的他会让女人为之倾倒。当然了,雅各并不是女人。蒂米·达兰特这副样子对他而言没有任何吸引力,完全无法与天空或礼拜仪式相比,差得远了。他们吵了一架。当莎士比亚还在船上,面对这样壮丽的景色,为什么打开一罐牛肉的正确方式就把他们变成了气冲冲的小男生呢,没有人能够解释。然而,罐头牛肉是冷菜;海水又使饼干变质了;海浪汹涌澎湃,永无休止——在茫茫海面上不断地卷起翻滚。此时一缕海草漂过,接着一根残木浮来。不少船只曾在这里失事过。一两艘船沿着它们的航线驶了过去。蒂米知道它们要驶向何处,它们装着什么货物,并且,通过望远镜观望,就能够说出航运公司的名字,甚至能猜出公司给股东的股息。然而,雅各没有理由为此生气。

锡利群岛好似浮出水面的山峰,不幸的是,雅各弄断了煤油炉里的销子。

直直袭来的巨浪一卷而过,锡利群岛可能就会永远消失。

但是你必须相信,年轻人承认在这种环境下吃早餐虽然糟糕,但足够地道。不需要再交谈。他们掏出了自己的烟斗。

蒂米写下一些科学观测数据;接着——是什么问题打破了沉默——是问时间还是日期?无论如何,那人问起话时一点都不觉得尴尬,用的是这世上最实事求是的语气。然后雅各开始解扣子,只剩一件衬衫,他裸着身子坐着,显然是想洗个澡。

  锡利群岛渐渐泛出浅蓝色；骤然，蓝色、紫色和绿色在海面上不断变换；最后留下一片灰色；划出一道条纹，旋即消失；但当雅各从头顶把衬衫脱下时，整层波浪都呈现出蓝色和白色，波光粼粼，涟漪分明，即使时不时出现一片广阔的紫痕，像一块淤青；或浮现出一整块略带黄色的翡翠。他一头跳进海里。他被海水噎住，又把水吐出，不断地用双臂拍打着海面，被一条绳子拖着，气喘吁吁，水花四溅，最后被拖到了甲板上。

  船上的座位相当烫，太阳烘烤着他的背，他赤裸地坐着，手里抓着一条毛巾，注视着锡利群岛——该死！船帆猛地一拍。莎士比亚的书被撞到水里去了。你眼睁睁地看着它在水里开心地越漂越远，皱褶的书页不停地翻动着；最后它潜入了水中。

  奇怪的是，你可以闻到紫罗兰的芬芳，或者说七月没有紫罗兰的话，那一定是有人在陆地上种了什么气味刺鼻的植物。那片大陆离这儿不远——你可以看到悬崖上的裂缝，白色的村舍，袅袅炊烟——一片祥和宁静的画面，仿佛智慧和虔诚都降临到了村民身上。此时响起了一声叫喊，像是一位男子在大街上叫卖沙丁鱼。那里描绘出一片虔诚、和平的景象，像是倚在门口的老人抽着烟斗，女孩子们双手叉腰站在井口旁，马匹也伫立在此；仿佛世界末日已然来临，那菜地、石墙、海岸警卫站，尤其是那些无人看见的被海浪拍打着的白色沙坝，都在一阵狂喜中升入天堂。

但不知不觉中，村舍的白烟在下垂，作为吊唁的象征，一面旗帜在墓碑上方飘扬，抚慰着亡灵。海鸥展翅翱翔，旋即安静地停留在空中，仿佛在留意那座坟。

毫无疑问，如果是在意大利、希腊，甚至西班牙的海岸，悲伤肯定会被古典教育的奇妙、振奋以及鼓励击垮。但康沃尔的山岭上耸立着光秃秃的烟囱；不知怎么的，美丽动人中竟带着肝肠寸断的忧伤。是啊，那些烟囱和海岸警卫站，还有那些没人看见的被海浪拍打着的白色沙坝，无不让人们想起那无法抗拒的伤悲。但这种悲伤是什么呢？

它是由大地本身所酿造。它来自海岸边的房子。我们出发时，天空清澈无比，接着云层变厚了。所有历史都在装裱着我们，逃避是无用的。

但这能否准确解释雅各裸着身子坐在太阳下,凝望大地尽头时流露出的忧郁之情呢?这很难说,因为他一言不发。蒂米有时会纳闷(只是一瞬间)是否是他的家人让他烦忧……没关系。有些事情是不能说的。先不管它。让我们擦干身子,拿起手边最近的东西……蒂米·达兰特的科学观察笔记。

"欤……"雅各说。

这是一场极其激烈的争议。

有些人可以循着老路亦步亦趋地走下去,甚至是在终点时主动迈出六英寸长的一小步。其他人则始终观察着外部的蛛丝马迹。

眼睛盯着拨火棍;右手拿起拨火棍,举起它;缓缓地转动着,然后,分毫不差地放回原地。放在膝盖上的左手敲打着某支庄严却断断续续的进行曲。深吸一口气,但还没吸进胸腔就吐掉了。猫从炉前的地毯上扬长而过。没人注意它。

"这就是我所能说得最多的了。"达兰特结束对话。

接下来的一分钟静得如同坟墓。

"然后……"雅各说道。

只说了半句话；但这些半句半句的话对于底下那些观察外部景象的人来说就像是插在建筑物顶部的旗帜。带着紫罗兰的香味，哀悼的标志和宁静的、虔诚的康沃尔海岸，除了是一块在他的思绪前行之时碰巧悬挂在后面的屏幕，还能是什么？

"接着……"雅各说道。

"是的，"蒂米沉吟了一会儿说，"就是这样。"

这时雅各开始动来动去，半是伸展筋骨，半是沉浸在欢乐中，毫无疑问，因为当他卷起船帆，擦着甲板时，口中发出了最奇怪的声音——粗哑，毫无音律——像某种凯歌；因为已经抓住了争论点，因为已经掌控了整个局面，他被晒得黑黝黝的，胡子拉碴，能够驾驭一艘十吨的游艇环游世界，或者有一天他会这样做的，而不是坐在律师事务所里，还套着鞋套。

"我们的朋友马沙姆，"蒂米·达兰特说道，"是不会愿意被人看到和这副模样的我们待在一块的。"他的纽扣掉了。

"你知道马沙姆的姨妈吗？"雅各问道。

"从不知道他还有一个姨妈。"蒂米回答。

"马沙姆有成千上万个姨妈。"雅各说。

"《末日宣判书》上提到了马沙姆。"蒂米说道。

"也提到了他的姨妈。"雅各说道。

"他的妹妹,"蒂米说道,"是个非常漂亮的女孩。"

"你以后会遇到好桃花的,蒂米。"雅各说。

"你会先遇到。"蒂米说道。

"但是这个我刚刚跟你提起的女人——马沙姆的姨妈——"

"天呐,快点说。"蒂米请求道,因为此时雅各笑得合不拢嘴,无法说话。

"马沙姆的姨妈……"

"马沙姆有什么好笑的?"蒂米问道。

"该死——一个吞下了自己的领带夹的男人。"雅各说道。

"还没五十岁就做了大法官。"蒂米说。

"他是一个绅士。"雅各说道。

"威灵顿公爵才是个绅士。"蒂米说。

"济慈不是。"

"索尔兹伯里勋爵是。"

"那上帝呢?"雅各说道。

这时,锡利群岛仿佛被云层中伸出来的一根金手指直指着;每个人都知道这种景象似有预兆,还有这些敞亮的光线,不管是照射在锡利群岛上,还是大教堂里十字军战士的坟墓上,总会动摇怀疑论的根基,让人们拿上帝开玩笑。

> 与我一同在;
>
> 黄昏急回兮;
>
> 影子深沉兮;
>
> 主啊,同我在一起。

蒂米·达兰特念道。

> 在我的故乡,我们有首这样开头的赞美诗:
>
> 主啊,我看到又听到了什么?

雅各说道。

海鸥两三只一群地在靠近船只的空中盘旋,微微摇晃;那鸬鹚仿佛在跟随自己紧张的长脖子,坚持不懈地追求着,在离水面一英寸高的地方掠过,落在另一块岩石上;岩洞里潮水的嗡嗡声穿过水面,低沉、单调,像是自言自语的声音。

古老岩石,为我裂开,
让我藏进你的怀里。

雅各唱道。

一块岩石探出水面,像是某个怪物的钝牙,棕色的,水流在石上形成永不停息的瀑布。

古老岩石。

雅各仰面躺着、唱着,望着午时的天空,每一丝云彩都被撤回了,因而天空像是一种被揭下盖子展览的东西,亘古不变。

六点左右,从冰原上吹来了一股微风;七点,海水由蓝变紫;七点半,锡利群岛像是被金箔工人的粗糙皮肤环绕着,达兰特行船时,脸色像是历经世代擦拭的红漆盒子。到了九点,天空中所有的色彩变幻都褪尽了,只留下楔形的苹果绿和盘子状的淡黄色;十点,船上的灯笼的亮光在水纹上投射出扭曲的色彩,随着水波荡漾起伏,时而拉长,时而变粗。灯塔中射出来的光束迅速穿过海面。亿万里之外,粉尘般的星星闪个不停;而海浪拍打着船只,带着规律而骇人的庄严冲击着岩石。

尽管去敲村舍的房门讨一杯牛奶并非不可能,但只有口渴才会让人迫不得已去打扰别人。然而说不定帕斯科太太会欢迎有人来扰。夏季的白天可能相当难捱。帕斯科太太在她的小洗碗间里洗涮,她可能会听到壁炉上廉价时钟的嘀嗒,嘀嗒,嘀嗒……嘀嗒,嘀嗒,嘀嗒。她一个人在家。她的丈夫去给法默·霍斯金帮忙了。她的女儿结婚后搬到了美国。她的大儿子也成家了,但她与儿媳合不来。那位卫斯理公会牧师过来带走了她的小儿子。她一个人在家。

一艘轮船,也许是开往加的夫的,此时穿过了海平线,而在近处,一朵毛地黄摇来摆去,一只大黄蜂停在了花蕊上。康沃尔的这些白色村舍都建在悬崖边上;花园中的金雀花长得比卷心菜还要快;至于树篱,是一些原始人用花岗岩堆起来的。其中的一块,据史学家猜想,是用来盛牺牲者的血的,因为上面挖了个盆,如今,它乖乖地供那些想饱览"鲂鱼头"风景的旅客坐在上面。并非有人反对村舍花园中出现蓝色印花裙子和白色围裙。

"看——她必须从花园的水井里打水。"

"冬天这儿肯定非常冷清,冷风横扫着山丘,海浪冲刷着岩石。"

即使是在夏日,你也可以听见海浪的絮语。

帕斯科太太打完水,便往回走进了屋。游客们懊恼没有带望远镜,否则他们说不定就能看到那艘漂泊的轮船的名称了。确实,那一天是如此万里无云,哪里还有用望远镜无法看见的东西。两条渔船,也许是从圣艾夫斯湾驶来的,正与那艘轮船反向航行,海面在澄清与浑浊之间不断变换。至于那只蜜蜂,已经采满了蜜,便去拜访起绒草,然后径直飞向帕斯科太太的菜园,又将游客的目光吸引到老太太的印花裙和白围裙上,因为她已经走到了村舍的门口,站在那里。

她站在那儿,手遮在眼睛上方,眺望着大海。

这也许是她第一百万次看海了。一只孔雀蛱蝶伸展翅膀落到了起绒草上,这是一只新近出现的蝴蝶,通过两翅上的蓝褐色绒毛便可得知。帕斯科太太走进屋里,取来一个奶锅,走到门外,站在那儿擦洗。她的脸的确不温柔,也不性感或者挑逗,而是显得坚定、聪慧,更确切地说,健康,在一个挤满世故者的房间中显得有血有肉的生机。虽然她会说谎,但也会说实话。她身后的墙上挂着一只风干大鳐。在客厅里,她珍视的是地毯、陶瓷杯,还有照片,尽管那间发霉的小房间仅有一砖厚的墙阻挡海风侵蚀,透过蕾丝窗帘可以看到塘鹅像石头一样掉了下来,在狂风暴雨的日子里,海鸥战战兢兢地从空中飞来,轮船上的灯光忽高忽低。冬夜里的声音一派凄凉。

画报在星期日准时送到了,她看了很久关于辛西娅女士在大教堂举行婚礼的报道。她也喜欢乘坐有弹簧的四轮马车。那种柔和、轻快、有教养的言谈,常常让她那几句粗话相形见绌。随之,她一整晚都听着大西洋碾磨岩石的声音,而非双轮马车的声音和男仆叫车的口哨声……因而她可能会一边擦着奶锅,一边做着白日梦。但那些健谈机智的人都已经进了城。她却像个守财奴,将自己的感情埋藏在心里。这些年,她一点都没有变,人们嫉妒地看着她,仿佛她身上全是金子。

这位聪明的老妇人凝视着大海,又一次离开了。游客们决定是时候动身去看"鲂鱼头"了。

三秒之后,达兰特太太来敲门了。

"帕斯科太太?"她问道。

她傲慢地看着游客们穿过乡间小径,她来自一个苏格兰高地的种族,它因那里的酋长闻名于世。

帕斯科太太来了。

"我真羡慕你那丛灌木,帕斯科太太。"达兰特太太一边说,一边用刚敲过门的太阳伞指着旁边那丛长势良好的金丝桃。帕斯科太太不以为然地看了一眼那丛灌木。

"我估计我的儿子一两天后就到。"达兰特太太说,"他和朋友从法尔茅思驾驶一艘小船过来……有莉齐的什么消息吗,帕斯科太太?"

她的几匹长尾小马站在二十码外的路上抽动着耳朵。男仆克诺不时驱赶着它们身上的苍蝇。他看到主人走进了小屋;又走了出来;经过他身旁,绕着屋子前的菜园转了一圈,从她的手势可以看出她谈得十分起劲。帕斯科太太是她的姨妈。她们都观察着一簇灌木。达兰特太太弯下腰,从上面折下一条小枝。接着,她指着(她举止专横,腰杆挺得笔直)那片土豆。它们得了枯萎病。所有的土豆在那一年都得了枯萎病。达兰特太太向帕斯科太太指出她的土豆病得有多么严重。达兰特太太滔滔不绝地说着,帕斯科太太顺从地听着。男仆克诺知道达兰特太太是在说这十分简单,"你将粉末和一加仑的水混在一起,我家花园的枯萎病就是我亲手治好的。"达兰特太太说道。

"你的土豆一个都不剩了——你的土豆一个都不会剩下的。"当她们走到门口时,达兰特太太斩钉截铁地说道。男仆克诺像石头般纹丝不动。

达兰特太太抓起缰绳,坐到了车夫的位置上。

第四章

"当心那条腿,不然我给你请个医生来。"她转过头喊道;她轻轻地抽了一下马,马车就向前出发了。男仆克诺连忙脚尖一点,纵身跳上马车。他坐在马车的后座中央,望着他的姨妈。

帕斯科太太站在门口目送他们;站在门口,直到马车消失在转弯处;站在门口左顾右盼一阵;才回到屋舍。

马匹迅速用前蹄奋力向隆起的荒野路面踏去。达兰特太太松开缰绳,身子往后仰。她刚才那股轻松的劲头消失了。她的鹰钩鼻薄得像一块能透光的白骨。她的手搭在腿上的缰绳上,纵使在休息时也显得有力。她的上唇很短,从门牙上翘起来,几乎透出一丝冷笑。她的思绪飞到了千里之外,而帕斯科太太的心思专注于自身。当马车爬上山丘时,她的心思飞得很远。她思前想后,仿佛没有屋顶的房舍、成堆的煤渣、毛地黄和黑莓丛生的菜园在她心上投下了阴影。到了山顶,她停下马车。四周苍山起伏,上面星布着古老的岩石;下面就是大海,与南方的大海一样变幻莫测;她坐在那里,视线从山丘扫到大海,身体挺得笔直,鼻子如鹰钩,喜忧参半。她突然鞭打了一下马,男仆克诺不得不脚尖一点,跳上马车。

  乌鸦落了又起。它们起落无常,所停留的树木似乎容不下那么多的居民。微风徐来,树梢随风和唱;尽管是仲夏时节,树枝咔嚓裂开的声音仍清晰可闻,还不时掉下一些树皮枝杈。乌鸦又一次起起落落,但飞起的乌鸦一次比一次少,因为聪明的鸟儿要准备进窝休息了,毕竟暮色已浓,树林已是一片漆黑。苔藓非常柔软,树干如同幽灵。远处是一片银色的草坪。蒲苇从草地尽头的绿墩中竖起羽毛般的嫩芽。一片宽阔的水面闪闪发光。旋花蛾在花丛上盘旋。橘黄与绛紫,旱金莲与香水草已经融入暮色之中,但烟草和有大飞蛾盘旋其上的西番莲如同瓷器一样洁白。乌鸦在树顶上一齐扑腾翅膀,接着安静下来准备入眠,就在这时,远处一阵熟悉的声音震颤起来——越来越响——在它们的耳边聒噪不停——再一次将困乏的乌鸦惊飞——是屋子里开饭的铃声。

  在海上经历了六天的风吹、雨淋、日晒,雅各·佛兰德斯穿上了晚礼服。这件朴素的黑色玩意儿在船上时不时地出现在罐头、泡菜和腌肉中间,随着航程的进展,变得越来越不得体，令人难以置信。现在，世界趋于稳定，烛光灿烂，只有晚礼服保全他。他感激不尽。尽管如此，他的脖子、手腕和脸部仍完全暴露在外，而他整个人，不管是暴露在外的，还是裹在里面的，都阵阵刺痛、肤色发红，使得那片黑布只能成为一块不完美的遮蔽物。他收回那只放在桌布上的红通通的大手。它鬼鬼祟祟地握住纤细的长脚玻璃杯和弯曲的银制刀叉。肉排骨装饰着粉红色的荷叶边——昨天他才啃了骨头！他的对面是一些模模糊糊、半透明的黄蓝两色的轮廓。他们身后是那个灰绿色的花园，渔船卡在鼠刺草梨形的叶子中间，动弹不得。一艘帆船慢悠悠地从女人们的身后驶过。两三人在暮色中匆忙穿过露台。门开开合合。没有什么东西完好无缺。像时而划向这边、时而划向那边的船桨，桌子两边的闲言碎语时而传到这里、时而传到那里。

"噢，克拉拉，克拉拉！"达兰特太太喊道，蒂莫西·达兰特[①]也附和道，"克拉拉，克拉拉。"雅各认定那个裹着

---

① 即蒂米·达兰特，蒂米是蒂莫西的爱称。

黄色纱布的身影就是蒂莫西的妹妹克拉拉。那位女孩微笑地坐着,面色绯红。她长着和她哥哥一样的黑色眼睛,模样却比他更迷糊、柔和。当笑声消去,她开口说道:"但是,妈妈,那是真的。他是那样子说的,不是吗?艾略特小姐也赞同我们的看法……"

但是,身形高挑、满头灰发的艾略特小姐,正为一位从露台进来的老人腾出身边的位子。晚餐永远不会结束,雅各想着,他也不想它结束,尽管那艘船已经从窗框的一角驶向了另一角,一盏灯标志着码头的尽头。他看见达兰特太太凝视着那盏灯。她转向了他。

"是你掌舵,还是蒂莫西?"她问道,"请原谅我叫你雅各。我听过很多关于你的事。"接着她的目光移回海上。眺望海景时,她的眼神空洞无神。

"曾经是一个小村庄,"她说道,"现在变得……"她起身,拿着餐巾,站在窗户旁。

"你和蒂莫西吵架了吗?"克拉拉怯怯地问道,"我应该和他吵一架。"

达兰特太太从窗户旁走回来。

"天色越来越晚了,"她坐得笔直,垂首看着餐桌说,"你们应该感到羞愧——你们每一个人。克拉特巴克先生,你应该感到羞愧。"她提高了嗓音,因为克拉特巴克先生是个聋子。

"我们都很羞愧。"一个女孩说道。但那位长胡子的老人一个劲儿地吃着梅子蛋挞。达兰特太太仰靠在椅子上大笑,似乎在纵容他。

"您做主吧,达兰特太太,"一位戴着厚厚的眼镜、长着一撇火红胡子的年轻人说道,"我说,条件都满足了。她欠我一金镑①。"

"不是提前吃——是和着鱼一起吃,达兰特太太。"夏洛特·威尔丁说道。

"那是一个赌注,和着鱼一起吃,"克拉拉严肃地说,"秋海棠,妈妈。他和着鱼吃秋海棠。"

"天呐。"达兰特太太惊呼。

"夏洛特是不会给你钱的。"蒂莫西说道。

---

① 金镑,一种英国货币。

"你怎么敢……"夏洛特说。

"这将会是我的特权。"谦谦君子沃特利先生说着就拿出一个装着金镑的银匣,把一枚金币倒在桌子上。接着达兰特太太起身,穿过屋子,身子挺得笔直,那些身穿黄、蓝和银色的薄纱裙的女子紧随其后,还有年长一点、穿着天鹅绒的艾略特小姐;一位身材娇小、脸色红润的女人,在门前踌躇,一脸纯真、拘谨,可能是一位家庭教师。所有人都走出了敞开的大门。

"夏洛特,当你到了我这个岁数时。"达兰特太太说道,此时她正在挽着那位老小姐的手臂在露台上散步。

"您为什么那么失落?"夏洛特冲动地问道。

"我看起来很失落吗?但愿没有吧。"达兰特太太说道。

"嗯,就在刚才。但你其实不老。"

"还不老,儿子蒂莫西都这么大了。"她们停下脚步。

艾略特小姐正用克拉特巴克先生的望远镜在露台的边缘观望星空。那位耳朵聋了的老人站在她身旁,捋着他的胡子,背诵着星座的名称:"仙女座,牧夫座,西顿座,仙后座……"

"仙女座。"艾略特小姐念叨着,稍稍挪了下望远镜。

达兰特太太和夏洛特太太顺着指向苍穹的望远镜筒望去。

"那儿有数不尽的星星。"夏洛特语气肯定地说道。艾略特小姐转过身。那些年轻人突然在餐厅里大笑起来。

"我去看看。"夏洛特急切地说。

"那星星真是让我心烦意乱,"达兰特太太一边说,一边和朱丽娅·艾略特走下露台,"我曾读过一本与星星有关的书……他们在说什么?"她在餐厅的窗前停了下来。"蒂莫西。"她强调道。

"还有那位沉默的男人。"艾略特小姐补充说。

"是的,雅各·佛兰德斯。"达兰特太太说道。

"啊,妈妈!我没认出是您!"克拉拉·达兰特惊呼,和艾尔斯贝思从对面走来。"多香啊。"她吸了口气说,碾着马鞭草的叶子。

达兰特太太转身自己走远了。

"克拉拉!"她喊道。克拉拉向她走去。

"她们多不像啊!"艾略特小姐说。

沃特利先生抽着雪茄,从她们身旁走过。

"只要我活着,我都会赞成……"他说着经过她们。

"猜起来有趣多了……"朱丽娅·艾略特喃喃自语。

"当我们第一次出来时,就可以看到花圃里的鲜花。"艾尔斯贝思说道。

"现在几乎看不到了。"艾略特小姐感伤道。

"她以前肯定很漂亮,当然,每个人都很中意她,"夏洛特说道,"我想沃特利先生……"她打住了。

"爱德华的去世是一个悲剧。"艾略特小姐斩钉截铁地说。

此时,厄斯金先生也加入对话中。

"根本就没有那样的事,"他积极地说,"在这样的夜晚我能够听见二十种不同的声音,不算你们说话的声音。"

"要打赌吗?"夏洛特说道。

"好啊,"厄斯金先生同意道,"一,海;二,风;三,狗;四……"

其他人接了下去。

"可怜的蒂莫西。"艾尔斯贝思说道。

第四章

"一个美好的夜晚。"艾略特小姐朝着克拉特巴克先生的耳朵喊道。

"想看星星吗?"那位老人问道,将望远镜转向艾尔斯贝思。

"它不会让你郁郁寡欢吗——望星星?"艾略特小姐喊道。

"当然不会,当然不会,"克拉特巴克先生明白她的意思时,哈哈大笑起来,"为什么它会让我忧郁?一刻也不会——当然不会。"

"谢谢你,蒂莫西,但是我要进去了,"艾略特小姐说,"艾尔斯贝思,给你披肩。"

"我要进来了。"艾尔斯贝思眼睛对着望远镜嘟哝着。"仙后座,"她念叨道,"你们都在哪儿?"她问着,将眼睛从望远镜上移开,"天好黑啊!"

客厅里,达兰特太太坐在一盏灯旁缠着羊毛球。克拉特巴克先生在读《泰晤士报》。远处还有一盏灯,周围坐着年轻的小姐们,剪刀在银光闪闪的布料上闪动,为家庭演出做准备。沃特利先生在看书。

"是啊,他完全正确。"达兰特太太说着就挺直了身子,停止了手中的活计。当克拉特巴克先生阅读兰斯道恩勋爵的演讲的剩余部分时,她笔直地坐着,没有碰她的毛线球。

"嗯,佛兰德斯先生。"她说,语气自豪,仿佛在跟兰斯道恩勋爵本人说话。接着她叹了口气,又开始缠毛线球。

"坐那儿吧。"她说道。

雅各从窗户旁的黑暗处出来,之前他一直在那里徘徊。光线倾泻到他身上,照亮他肌肤的每一寸;但当他坐着凝视窗外的花园时,他脸部的肌肉纹丝不动。

"我想听听你的航行情况。"达兰特太太说。

"可以。"他答应道。

"二十年前,我们做了同样的事。"

"噢。"他应和着。她目光犀利地盯着他。

"他真是相当笨拙,"她想着,注意到他如何拨弄脚上的袜子,"但真是仪表不凡。"

"那个时候……"她恢复过来,向他描述当年他们是如何航行的……"我的丈夫对航海很精通,因为在我们结婚之前他就有一艘游艇"……以及他们是多么不把渔民放在眼里,"几乎用我们的生命作为代价,但我们是多么自豪!"她用那只拿毛线球的手比画着。

"我替您拿毛线球吧?"雅各生硬地问道。

"你就是这样帮你母亲的吧,"达兰特太太说道,当她把毛线球递给他时,又一次锐利地盯着他,"是的,这样绕起来容易多了。"

他笑了,但并没有出声。

艾尔斯贝思·西顿斯在他们身后徘徊着,手臂上有东西泛着银光。

"我们想,"她说,"我是来……"她打住了。

"可怜的雅各,"达兰特太太平静地说道,仿佛她对他的一生了如指掌,"他们打算让你在剧中表演。"

"我是多么爱您啊!"艾尔斯贝思跪在达兰特太太的椅子旁说。

"把毛线球给我。"达兰特太太说道。

"他来了——他来了!"夏洛特·威尔丁欢呼道,"我打赌赢了!"

"上面还有一串。"克拉拉·达兰特嘟哝着,又上了一级梯子。雅各扶着梯子,她伸手去够高藤上挂着的葡萄。

"好啦!"她说着便把葡萄藤剪断了。掩映在藤条枝叶、一串串黄紫交杂的葡萄之间,她的脸色显得半透明、苍白、格外动人,阳光在她的身上游弋,树影斑驳似色彩斑斓的岛屿。天竺葵和秋海棠种在木板上的花盆里,番茄秧爬上了墙。

"藤叶的确需要打理一下。"她思索着,一片像手掌般舒展开的绿叶盘旋着从雅各的头边飘落。

"我早就吃不下了。"他仰起头说道。

"的确有点荒谬……"克拉拉开口说道,"回到伦敦……"

"无稽之谈。"雅各坚定地说道。

"就是说……"克拉拉说,"明年你一定会回来的。"她说着,胡乱剪断一片藤叶。

"如果……如果……"

一个小孩叫嚷着跑过温室。克拉拉挎着一篮葡萄慢慢爬下梯子。

"一串白的,还有两串紫的。"她说着,拿起两片大叶子盖住暖洋洋的蜷在篮子里的葡萄。

"我过得很开心。"雅各低头看着温室说。

"是的,真是非常惬意。"她含糊地说。

"噢,达兰特小姐。"他说着,接过装葡萄的篮子;但她走过他身边,朝温室门走去。

"你太好了——太好了。"她思索着,想着雅各,想着他绝不会说他爱她。不,不会,不会的。

孩子们像旋风一般跑过门口,把东西高高地抛向空中。

"小鬼!"她喊道,"他们拿的是什么?"她问雅各。

"我觉得是洋葱。"雅各说道。他一动不动地看着他们。

"明年八月,记得,雅各。"达兰特太太说着,在露台上和他握手,露台上盛放的灯笼海棠挂在她脑后,像极了红色的耳环。沃特利穿着黄拖鞋从落地窗中走来,拿着《泰晤士报》,热情地伸出手来。

"再见。"雅各说道。"再见。"他重复道。"再见。"他又一次道别。夏洛特·威尔丁猛地推开卧室窗户大喊道:"再见,雅各先生!"

"佛兰德斯先生!"克拉特巴克喊着,尽力从蜂窝状的椅子上站起来,"雅各·佛兰德斯!"

"太晚了,约瑟夫。"达兰特太太说道。

"坐下来让我照一张相还为时不晚。"艾略特小姐说着,在草坪上架起三脚架。

第五章

"我倒是觉得,"雅各说着,将烟斗从嘴里拿出,"它出自维吉尔。"接着往后推了一把椅子,走到窗户旁。

世界上最鲁莽的司机无疑是那些开邮局货车的。那辆猩红色的邮车冲过兰姆管道街,在经过街角的邮筒时来了个急转弯,擦到了马路牙子,使得正踮起脚尖往邮筒里投信的小女孩抬起头看,既害怕,又好奇。她的手在信箱口顿住;然后把信一丢就跑开了。我们看到踮起脚尖的孩子时很少会抱以同情——倒经常会有一点不舒服。像是鞋里的一粒沙子,几乎不值得倒出来——那就是我们的感受,因此雅各转向了书柜。

很久之前,伟人们住在这里,直到午夜后,才从宫廷里回来,卷起他们的缎裙,站在精雕细刻的门框下,这时男仆从地垫上醒来,匆忙地扣上外套下面的几个扣子,把他们迎进来。18世纪苦涩的风雨冲刷着阴沟。然而,如今南安普顿街之所以引人注目,主要是因为你总能在那儿发现尽力向裁缝兜售乌龟的小贩。"炫耀花呢衣服,先生;上流人士想要的是能够吸引眼球的东西,先生——还要干干净净的,先生!"于是他们便把乌龟亮出来。

在牛津大街的穆迪图书馆的拐角上,红的蓝的珠子都串在了线上。公共汽车堵成一团。正在进城的施波尔丁先生注视着前往牧羊人丛林的查尔斯·巴奇恩先生。公共汽车间的近距离给了靠边坐的乘客一个互相注视的机会。然而基本没人去利用这种机会。每个人都有自己思索的事情。每个人都把过去锁在心里,仿佛那是熟烂于心的书页;他的朋友只能说出书名,詹姆斯·施波尔丁,或者查尔斯·巴奇恩,那些往反方向去的乘客则一点都读不出来——除了"一个留有红色胡须的男人""一个身穿灰色衣服抽着烟的人"。十月的阳光照耀着这些坐在车上一动不动的男男女女;小约翰·斯特金抓住机会,拿着他神秘的大包,纵身跳下车梯,在车水马龙之间左躲右闪上了人行道,吹着小曲,很快消失在人群中——永远杳无踪迹了。公共汽车一路颠簸,人人都因为离自己的目的地更近了一点而松了口气,尽管有些人用对以后的享乐的指望来骗自己忘掉眼前的麻烦——在一家市区酒店烟雾腾腾的角落里吃牛排和腰子布丁、喝酒或玩一局多米诺骨牌。没错,当警察举臂拦住车、太阳鞭挞着你的后背时,在霍尔本一辆公共汽车的顶层里,人们的生活还算过得去,而如果有一种人能分泌出来容纳自己像壳一样东西,我们便能在这里发现它,在大街汇集的泰晤士河两岸,圣保罗大教堂宛如螺旋状的蜗牛壳顶部,处于汇聚的终点。雅各下了车,拖着步子走上台阶,瞄了眼手表,最后下定决心走进去……难道这还需要努力吗?是的。多变的情绪让我们身心疲惫。

这里光线昏暗,白色大理石的幽灵在此出没,风琴为他们日夜弹奏。如果有只靴子嘎吱一响,那是非常吓人的;还有那仪式;那教规;教堂司事用权杖将下面的生灵摆平。天使般的唱诗班队员甜美圣洁。尖细的歌声和琴声永远在大理石肩膀旁缭绕,在折叠的手指间流淌。永不停歇的安魂曲——安息吧。里杰特太太年复一年地擦着咨询会办公室的台阶,擦累了便坐在那位伟大公爵的墓下面休息,双手交叉,半闭着眼睛。对于一个老太太而言,这可是个非常豪华的休息地,紧邻那位伟大公爵的遗骨,但他的辉煌事迹对她没有任何意义,她不知道他是谁,尽管她从不忘同对面的小天使打招呼,当她走出来时,希望自己的墓上也会有小天使,因为心灵上厚重的窗帘猛烈地飘动着,安息的想法、甜美的旋律便蹑手蹑脚地溜了出来……黄麻商人老斯派塞并没有这样的想法。奇怪的是,这五十多年来他从没去过圣保罗大教堂,尽管他办公室的窗户就对着教堂墓地。"就是这样?欸,一个阴暗古老的地方……纳尔逊的坟墓在哪?现在没时间了——下次再来吧,要在盒子里留下一枚硬币……是雨天还是晴天?唉,要是老天能下定决心该多好!"孩子吊儿郎当地溜进来——教堂司事挡住他们——一个又一个……男人,女人,男人,女人,小孩……他们抬起眼睛,噏着嘴唇,同样的阴影掠过同样的面孔;心灵上厚重的窗帘拍动着。

从圣保罗大教堂的台阶上看,最确定无疑的是每个人都奇迹般地穿着外套、短裙和靴子;有收入;有目标。只有雅各,手里拿着在拉德门山买的芬利的《拜占庭帝国》,看起来有点与众不同;因为他手里有一本书,他会在九点半准时坐在自己的壁炉边，把这本书翻开研读，众生中没有别人会这么做。他们无家可归。属于他们的是街道、商店、教堂、数不尽的桌子、连片的办公室灯光，货车是他们的，以及高悬在街道上方的铁路；如果再靠近点看，你会看到三个彼此隔着一段距离的老头，在路面上玩"跑蜘蛛"，仿佛街道就是他们的客厅，而在这里，一个女人靠着墙，眼神空洞，鞋带散开，并不冲你叫卖；海报也是他们的，还有上面的新闻，一座城市被摧毁了，一场比赛赢了。一群无家可归的人在天空下盘桓，蓝天白云被一块由钢屑和化为尘埃的马粪结成的天棚遮住了。

那儿，在绿荫下，西布利先生埋头盯着白纸，将数字转移到书页上，你可以看见每张桌子上都堆着一摞饲料般的纸张，一整天的营养被勤奋的笔慢慢消耗掉。无数各有其主的高级外套整日空挂在走廊里，但当钟敲到六点时，每一件都被塞满了，那些小小的身影，有些裂成两条裤筒，有些被制成了厚厚的一块，在人行道上保持向前倾斜的角度快速前进；最后坠入无边黑暗。人行道下方，空洞的管道深陷泥土中，一路伴随幽黄的灯光，指引着它们的去向，搪瓷牌上的大字在地下通道里标示出公园、广场和山上的圆形剧场。"大理石拱门——牧羊人丛林",对绝大多数人来说,拱门和丛林永远都是蓝底的白色字母。只在一个地方——可能是阿克顿、霍洛威,或者肯索山岗、加里东路——这种名字意味着你在那里购物的商店,或者一些住宅,其中一座的右边,在修剪过的树木从铺路石的缝隙中长出来的地方,有一扇挂着窗帘的方形窗户和一间卧室。

日落许久之后,一位瞎眼老妇人坐在一把折椅上,背对着伦敦联合济贫院和史密斯银行的石墙,怀里紧搂一个棕色混血小孩,在放声歌唱,不是为了讨得几块铜板,这歌声发自她喜悦狂乱的内心深处——她罪恶、黑暗的心灵——因为那个紧贴在她怀里的孩子就是她的罪孽的果实。那孩子这时本应躺在床上,拉好床帷,进入梦乡,而非在灯光下听母亲狂乱的歌声,她背靠银行坐着,怀里抱着她的孩子放声高歌,不是为了讨得几块铜板。

他们回家了。教堂灰色的尖塔容纳了他们;这座苍老的城市,年代久远、罪孽深重而威严犹存。一座接着一座,有圆的、有尖的,直穿苍穹或集聚一团,像扬帆的帆船,

第五章

像花岗岩峭壁,尖塔和办公室、码头和工厂云集河岸;朝圣者永恒地跋涉;重载的驳船停在中游;正如一些人坚信的那样,这座城市热爱自己的娼妓。

但似乎被接纳到那种程度的仅是少数。所有驶出歌剧院拱门的马车中,没有一辆是向东拐的,当小偷在空旷的市场上被抓住时,没有一个身穿黑白相间或玫瑰色晚礼服的人肯停下来,打开车门,挡着路去帮个忙或责备几句——尽管,平心而论,查尔斯太太在上楼和摘抄坎普腾的托马斯[①]时会唉声叹气,直到思绪淹没在纷繁的琐事中才能入睡。"为什么?为什么?为什么?"她叹息着。总而言之,最好还是从歌剧院走回来。疲惫是最保险的安眠药。

正值秋季歌剧演出火热之时。特里斯坦每周把毯子夹在腋下两次;伊索尔德以非凡的协调性跟随指挥棒挥动她的围巾。[②]在剧场的每一个角落都能看到红扑扑的脸庞和闪

[①] 坎普腾的托马斯(Thomas à kempis,1380—1471),德意志天主教修士,终身从事抄写书稿、辅导新修士的工作,可能是灵修著作《效法基督》的作者。
[②] 特里斯坦(Tristan)与伊索尔德(Isolde)是瓦格纳同名歌剧中的男女主人公。

闪发光的胸脯。当一只附着在隐形身体上的王族的手悄然伸出来,撤走放置在猩红壁架上的红白花束时,"英国女王"似乎是一个值得为之牺牲的头衔。美丽在它多种多样的温室里(这里并不是最糟糕的)一盆接一盆地绽放;虽然说过的话没有什么深刻的意义,尽管大多数人都认为在沃波尔[①]逝世的年代,美丽的双唇吐不出妙语——无论如何,当维多利亚女王穿着浴袍屈尊接见她的臣子时,那对唇瓣(透过观剧望远镜)依然艳红、可爱。身份显赫的秃顶男子挂着金头手杖信步走过正厅前座之间的红色通道,只有在灯光熄灭时,才会停止与包厢观众之间的交往,而指挥官首先向女王鞠了一躬,然后朝这群秃顶男子鞠躬,最后双脚一转,举起了指挥棒。

接着两千颗心在半明半暗中铭记着、期盼着,穿过黑暗的迷宫;克拉拉·达兰特向雅各·佛兰德斯告别,回味着想象中死亡的甜蜜;而坐在她身后包厢的昏暗里的达兰

[①] 罗伯特·沃波尔(Robert Walpole, 1676—1745),英国政治家,1721年至1742年任英国首相;其子霍勒斯·沃波尔(Horace Walpole, 1717—1797)系著名作家。

特太太,发出她那尖厉的叹息;沃特利先生原先坐在意大利大使夫人的身后,他挪了下位置,心想布朗盖纳的嗓音有一点嘶哑;爱德华·惠特克悬在他们头上几英尺处的顶层楼座里,偷偷地拿着手电筒照着他的小型乐谱,还有……还有……

总的来说,观察者被观察到的景象噎住了。仅仅是为了防止我们被嘈杂混乱淹没,自然和社会在它们二者之间运行了一套简单的等级划分;正厅前座,包厢,阶梯座位,顶层楼座。每天晚上都座无虚席。没有必要再去区分一些细节。但困难仍在——必须做出选择。尽管我并不希望成为英国的女王,哪怕仅仅只是一会儿——我倒情愿坐在她的身边;我想听听首相的闲聊;伯爵夫人的低声耳语,分享她关于大厅和花园的回忆;那些衣着体面的人们背后隐藏着自己的密码;不然为什么会如此密不透风?接着,多么奇怪,脱下自己的帽子,再戴一会儿别人的、任何人的——成为一位统治整个帝国的勇士;听着布朗盖纳的歌声,却想着索福克勒斯的戏剧片段,听着牧羊人的笛声,瞬间看到的却是桥梁渡槽。但是不行——我们必须做出选择。从未有过比这更迫在眉睫的了!也从未有什么能带来更大的痛苦、更确定的灾难;无论我坐在哪里,我都在放逐中死亡:惠特克死在他的居所里;查尔斯女士死在庄园里。

一个长着威灵顿鼻子的年轻男子曾坐在一个便宜的座位上,当歌剧结束时,他走下石阶,似乎音乐的影响让他与周围的人略有不同。

午夜,雅各·佛兰德斯听到了急促的敲门声。

"哎呀,是你!"他惊叫起来,"我正要找你呢!"没费多大力气,他们便找到了他已经找了好几天的诗句,只不过它们不是出自维吉尔,而是卢克莱修①。

"是的,那应该会让他睡不着觉了。"当雅各停止朗读时,博纳米说道。雅各非常激动。那是他第一次朗读自己的作品。

"该死的蠢猪!"他毫不客气地骂道,但是赞美之语已经冲昏了他的头。利兹大学的布尔蒂尔教授曾经发

---

① 卢克莱修(Titus Lucretius Carus,约公元前99—公元前55),古罗马诗人、哲学家。

第五章

表过一版《威切利集》①,但没有声明他已经删去、摘除或者只用星号暗示几个不雅的词汇和句子。这是一种暴行,雅各说道;信仰的违背;完完全全的假正经;龌龊的思想和让人憎恨的本性。引用阿里斯托芬和莎士比亚。批判现代的生活。给伟大的戏剧带上专业的头衔,利兹大学作为学术中心贻笑大方。不可思议的是那些年轻人完全正确——不可思议,因为即使雅各抄写他那文章时,他也知道没有人会刊印它们;果然那些稿子被一一退了回来,《双周刊》《当代》《十九世纪》——于是雅各把它们扔进那个黑色木质盒子,里面保存着他母亲的来信、他陈旧的法兰绒裤子,还有一两封盖有康沃尔邮戳的票据。盖子盖上了真相。

这个黑色木质盒子立在客厅的长窗中间,上面用白漆写的他的名字仍然清晰可辨。窗下是街道。毫无疑问卧室就在后面。那些家具——三把藤条椅子和一张折叠桌子——

---

① 威切利(William Wycherley,1641—1716),英国剧作家,王政复辟时期喜剧代表作家之一。

来自剑桥。这些房子(加菲特太太的女儿——怀特霍思太太,就是这座房子的主人)估计是在一百五十年前修建的。那些房间外形美观,天花板很高;门口的上方刻着一朵玫瑰或是公羊颅骨。18世纪自有它的特别之处。即使是漆成绛紫色的窗格,也自有它们的独特之处。

"不同凡响"——达兰特太太赞叹雅各·佛兰德斯是"容貌不凡""极其笨拙,"她说道,"但是如此仪表堂堂。"看到他的第一眼就觉得这个词是为他而生的。他往椅子上一靠,从唇下拿开烟斗,对博纳米说道:"现在谈谈这部歌剧吧。"(因为他们已经谈完了粗俗的东西)。"这个叫瓦格纳的家伙"……不过"不同凡响"是一个自然流露的词汇,光是看着他,人们会发现很难说他应该坐在歌剧院的哪种座位,正厅前排、顶层楼座,还是楼厅。是个作家?他缺乏自我意识。一位画家?他的手形倒能看出点说明品位的东西(按母亲的出身,他来自一个最古老、最无名的家族)。接着是他的嘴——但毫无疑问,在所有无用的消遣中,这种罗列特征的做法最糟糕了。一个形容词就足够了。可如果你找不到这个词呢?

第五章

"我喜欢雅各·佛兰德斯,"克拉拉·达兰特小姐在她的日记里写道,"他是如此超凡脱俗。他没有任何架子,是一个可以倾诉的人,尽管他让人畏惧,因为……"但是莱茨先生在那廉价日记本里印的行数太少了。克拉拉不是那种要侵占星期三的人。她是最谦卑的、最坦诚的女人!"不,不,不,"她站在花室的门口哀叹,"不要打破——不要破坏。"是什么?某种美妙绝伦的事物。

但是,这只不过是一个年轻女子的语言,一个爱着,或者克制爱的女子。她希望那个七月早晨的那一刻能够永驻。然而时不我待。比如此刻,雅各正在讲述一个他徒步旅行的故事,那家旅店叫"发泡罐",考虑到老板娘的名字……他们大笑起来。那笑话是如此不雅。

接着朱丽娅·艾略特说,"那个沉默的年轻男子",当她和首相们共进晚餐时,无疑她是指,"如果他想飞黄腾达,他必须学会说话。"

蒂莫西·达兰特从来不发表意见。

女仆发现自己得到了丰厚的奖赏。

索普威思先生的观点和克拉拉一样感性,尽管他的措辞更加委婉。

贝蒂·佛兰德斯对阿彻心存幻想，对约翰满怀柔情；但她莫名其妙地被雅各在房间里的笨样给激怒了。

巴富特上尉在这些男孩中最喜欢雅各；但至于为什么……

女人和男人似乎都同样难辞其咎。看来对我们同类的一种意义深远、公平正义的见解完全鲜为人知。无论我们是男人还是女人。无论我们客观冷静，还是感情用事。无论我们风华正茂，还是老之将至。无论如何，生活都不过是一串阴影，天知道我们为什么会如此热切地拥抱它们，而痛苦地看着他们离去，因为我们也是一团影子。为什么，如果这和更多的事情都是真实的话，当我们站在窗角，突然觉得椅子上的那个小伙子是世间万物中最真实的、最熟悉的时候，我们还感到惊讶不已呢——到底是为什么？此刻过后，我们对他一无所知。

这就是我们看待万物的方式。这就是我们的爱的处境。

（"我现在二十二岁。已经是十月末了。生活真是美好,尽管不幸的是,到处都是蠢材。一个人必须致力于什么事——天知道是什么。所有事情都是那么美好——除了在早上起床和穿燕尾服。")

"我说,博纳米,贝多芬怎么样?"

("博纳米是一个了不起的人。他知晓一切,英国文学没我知道得多——但是他已经将那些法国人的作品读完了。")

"我倒怀疑你是满口胡言,博纳米。不管你说什么,可怜的老丁尼生……"

("其实人们早就应该学习法语了。我估计,现在巴富特先生正在和我母亲聊天。真是件怪事儿。但是我在那里看不见博纳米。该死的伦敦!")市场的货物车正在大街上轰鸣。

"星期六散个步如何?"

("星期六有什么事吗?")

于是,他掏出记事本,确认了达兰特家的晚会是在下个星期。

然而,尽管这一切可能都是真的——雅各是这么想的,也是这么说的。他交叉起双腿,填满了烟斗,抿了一口威士忌酒,瞄了一眼记事本,揉乱了头发,尽管如此,还是有一些事永远不会告诉除了自己的第二个人。而且,这里面有一部分不是雅各的,而是理查德·博纳米的——房间,市场的运货车,时间,历史的这一刻。接下来考虑一下性的影响——它是如何在男性和女性之间波动、颤抖,因此时而出现低谷,时而出现高峰,也许实际上一切都像我的手掌一样平坦。就算是贴切的词汇,用的也是错误的语气。但有种东西总是推动着人们在神秘的洞穴入口像鹰蛾一样嗡嗡地发颤,总是在赋予雅各·佛兰德斯各种他不具备的品质——因为尽管他确实坐在那儿和博纳米交谈,他说的话多半都太过乏味了;不知所云(关于素昧平生的人和议会的事);剩下的大多是猜测。然而我们还是与他产生了共鸣。

"是的,"巴富特上尉说着,在贝蒂·佛兰德斯的炉架上敲着烟斗,扣上外套,"又添了麻烦,但我不介意。"

他现在是镇里的议员了。他们望着夜空,和伦敦没有什么区别，只不过清明了许多。教堂的钟声敲响了十一点。风刮过大海。所有卧室的窗户都黑了——佩奇一家都睡着了；加菲特一家睡了；克兰奇一家睡了——然而此时在伦敦，他们正在会议山上焚烧盖伊·福克斯[①]。

[①] 每年11月5日，英国人会焚烧1605年制造火药阴谋炸毁国会大厦、炸死国王的主谋之一盖伊·福克斯（Guy Fawkes）的模拟像，以庆祝他的被捕。

第六章

熊熊烈火。

"那是圣保罗大教堂!"有人喊道。

木头一被点燃,整个伦敦顷刻之间被照得通亮;火的另一边是一些树。火光中闪现出一张张鲜活生动的脸,仿佛是用黄色和红色画成的,其中最突出的是一个女孩的脸。由于火光作怪,女孩仿佛没有身体。那张鹅蛋脸和头发悬在火堆旁边,背后是一片真空般的黑暗。仿佛被强光照得恍惚,她蓝绿色的眼睛盯着火焰。她脸上的每一块肌肉都紧绷着。她凝视的目光中流露出些许哀愁——她的年龄在二十到二十五岁之间。

一只手从忽浓忽淡的黑暗中伸了出来,将丑角戴的白色尖角帽子扣到她的头上。她摇了摇头,仍然呆视着火焰。一张留着胡子的脸在她的上方出现。他们将两条桌子腿扔进了火堆,又撒了些树叶和树枝。所有这些燃烧起来,照亮了远处的脸庞,圆的、苍白的、光滑的、胡子拉碴的,还有戴着圆顶礼帽的;个个都神情专注;火光还照亮了浮现在起伏不定的白色云雾中的圣保罗大教堂,和两三座狭窄的、纸白色的、灭火器形状的尖塔。

火焰从木柴中钻出,呼呼作响,扶摇直上,这时不知从哪里泼来几桶水,呈美丽的空心状,如同磨亮了的龟壳;泼了一次又一次;直到那嘶嘶声变得如同一群蜜蜂的嗡嗡声;所有的面孔都消失不见。

"天哪,雅各,"当他们摸着黑爬上山丘时,一个女孩说道,"我难过得要命!"

从人群里传来一阵大笑声——忽高忽低,断断续续。

旅店的餐厅灯火通明。一只石膏牡鹿头摆在桌子的一端;另一端是一尊罗马式半身像,被涂得黑黢黢、红彤彤的,代表盖伊·福克斯,今晚是属于他的。用餐的人们被一串串纸玫瑰连在了一起,因而当他们手挽手唱起《友谊天长地久》时,一条粉色和黄色的纸带沿着餐桌起起落落。觥筹交错。一个年轻人站了起来,而弗洛琳达抓起桌子上一只略带紫色的球形酒杯,直直地向他的头砸去。酒杯摔得粉碎。

"我难过得要命!"她转向身旁的雅各说道。

桌子仿佛长了无形的腿,跑到了房间的另一侧,一架用红布和两盆纸花装饰的手摇风琴弹奏起华尔兹。

雅各不会跳舞。他靠墙站着,抽着烟。

"我们认为,"两个舞者离开人群,在他面前深深地鞠了个躬说,"你是我们见过最有魅力的男人。"

于是他们在他的头上戴上一圈纸花。接着有人拿出一把白色镀金的椅子,让他坐下。人们经过时,将玻璃葡萄挂在他的肩膀上,最后他看起来像是一艘遇难船的船头雕像。接着弗洛琳达坐在他的膝上,把脸埋进了他的外套里。他一只手搂着她,一只手拿着烟斗。

"现在让我们谈谈,"雅各说道,在十一月六日凌晨四五点钟,他正手挽着蒂米·达兰特走下哈弗斯托克山,"一些实际的事。"

希腊人——是的,那就是他们谈的——当话说尽事做完,当一个人用世界上的任何文学漱过口后,包括中国文学和俄罗斯文学(但这些斯拉夫人还未开化),唯独希腊文学风味犹存。达兰特引用埃斯库洛斯——雅各则引用索福克勒斯。事实是希腊人不能理解,教授也不肯指出——没关系;希腊语不就是让人在黎明时分在哈佛斯多克山喊上几句吗?并且,达兰特从没听过索福克勒斯,雅各也没听过埃斯库洛斯。他们夸夸其谈,耀武扬威,似乎他们都读过世界上所有的书籍,知道每一宗罪,每一份激情,还有每一种欢乐。各种文明像等待采撷的花朵,环绕在他们周围。千秋万载拍打着他们的双脚,像利于航行的波浪。回顾这一切,从迷雾、灯光和伦敦的阴影中浮现,那两个年轻人选择了希腊文学。

"也许,"雅各说,"我们是世界上唯一知道希腊语意义的人。"

他们在一个摊位上喝咖啡,咖啡壶擦得锃亮,柜台上亮着一排小灯。

老板以为雅各是名军人,便和他聊起了自己在直布罗陀的儿子,雅各批判了一番英国的军队,对威灵顿公爵赞不绝口。他们又一次走下山丘,谈论着希腊人。

怪事一桩——你要是想起来的话——对希腊文的这份

热爱,在朦胧中繁盛,被歪曲,被打压,但骤然迸发出来,尤其是在离开拥挤的房间时,或者在看书看得头昏脑闷之后,抑或当月亮浮现在绵延的山丘中,或在伦敦空洞、枯黄、毫无生气的日子里,像一片特效药,一把干净的刀,永远是一个奇迹。雅各掌握的希腊文只能让他磕磕绊绊地念完一出戏。对于古代史他一无所知。然而,他一踏入伦敦城,就似乎感觉到他们把通往雅典的石板路踩得咚咚作响,如果苏格拉底看到他们走来,定会激动万分并说道"我的好伙伴",因为整个雅典的全部情感都让他感到称心如意;自由、冒险、精神抖擞……在没有得到允许的情况下,她称呼他雅各。她坐在他的膝上。在希腊鼎盛时代所有上流女子都是这样做的。

就在此时,一阵悲戚的恸哭声颤抖着从空中飘来,似乎没有力量放声哭号,只是气若游丝地游移;听到这哭声,后街上的门突然慢吞吞地打开了;工人迈着沉重的步伐走了出来。

弗洛琳达病了。

达兰特太太像往常一样失眠了,在《地狱篇》某几行旁边做着记号。

克拉拉把头埋进枕头睡着了,她的梳妆台上散落着玫瑰花和一副白色长手套。

弗洛琳达生病了,仍然戴着那顶白色锥形的小丑帽。

卧室似乎与这些灾难性的结局很相配——价格低廉、色泽暗黄,半是阁楼,半是工作室,装点着银色的纸质星星,几顶威尔士妇女戴的帽子,煤气灯管上悬挂的念珠,显得怪里怪气。至于弗洛琳达的身世,她的名字是一位画家取的,画家借这个名字表示她这朵处女之花尚未被别人采撷。纵然如此,她没有姓,关于父母,她只有一张墓碑的照片,她说,这下面安葬着她的父亲。有时她会思索那墓碑的大小,传言说弗洛琳达的父亲因不可救药的骨质增生而死;正如她母亲受到了皇室画师的宠幸一样,弗洛琳达偶尔也会变成一位公主,主要是在喝醉的时候。如此孤身一人,还长得十分漂亮,有一双忧郁的眼睛和孩童般的双唇,她比大多数女人都更多地谈到贞洁;她跟很多男人聊过天,她对一个男人说自己在前天晚上失去了贞洁,又对另一个说她把贞洁看得比胸中的心脏还珍贵。但是她总是和男人们聊天吗？不，她有她的知己：斯图尔特大妈。斯图尔特，正如这位女士愿意指出的那样，是一处皇宫的名字；但这意味着什么，她是以什么谋生的，没有人知道；人们只知道斯图尔特太太每个星期一早上都会收到邮政汇票，养了一只鹦鹉，相信灵魂转世轮回，能够在茶叶中看到未来。她就是弗洛琳达的贞洁背后肮脏的公寓壁纸。

此时弗洛琳达啜泣着，整天在大街上溜达；站在切尔西望着河水缓缓流过；沿着商业街转悠；在公共汽车上打开手包往脸上搽粉；将情书靠在 A.B.C 商店的牛奶罐上阅读；发现糖果罐里有玻璃；控告女服务员想毒害她；声称年轻男子盯着她；在黄昏时分发现自己不知不觉走到了雅各住的那条街上，才突然发现相比于那肮脏的犹太人，她更喜欢雅各，接着她坐在他的桌旁（他正在誊抄他的论文《不文雅的道德准则》），脱下手套，告诉他斯图尔特怎样用茶壶的保暖套打她的头。

她说她是白璧无瑕的，雅各便信以为真。她坐在壁炉旁，叨念着一些著名的画家。她还提到了她父亲的坟墓。她看起来充满野性、脆弱、美丽，正如希腊女人一样，雅各想；

这就是生活;他是个男人,弗洛琳达是贞洁的。

她离开时,胳膊下夹着一本雪莱的诗集。她说斯图尔特太太经常谈起他。

纯真的人真是不可思议。相信那个女孩不会撒谎(雅各不是那种毫无保留地相信别人的傻瓜),羡慕漂泊不定的生活——相比之下,他的日子似乎过得骄奢淫逸,甚至有点与世隔绝——手边有《阿多尼斯》[①]和莎士比亚的戏剧作为根治一切灵魂错乱的特效药;想象出一种能让她精力充沛的、对他起保护作用的友谊,但是二者同等,因为雅各觉得女人和男人是一样的——如此的天真的念头真是不可思议,而且或许不是那么愚蠢。

那天夜里弗洛琳达回到家后,她首先洗了头;接着吃了巧克力奶糖;然后打开雪莱的诗集。毫无疑问,她觉得非常无聊。这到底讲的是什么?她心里发誓,只有翻过这一页才能吃第二块。事实上她睡着了。但是她熬过了漫长

---

① 《阿多尼斯》(Adonais)是雪莱为济慈写的长篇挽诗。阿多尼斯本是希腊神话中的美少年,为爱与美的女神阿弗洛狄忒所爱,不幸被野猪咬伤身亡。雪莱用他比拟济慈。

的一天,斯图尔特大妈扔掉了茶壶套;大街上的景象真够呛,即使弗洛琳达愚昧无知,从不学着读书,甚至连别人写给自己的情书也看不明白,但她还是有自己的情感,对某些男人格外倾慕,完全听从生活的摆布。她是不是处女似乎已经无关紧要,除非这是唯一一件重要的事情。

她走后,雅各坐立不安。

男人和女人伴着熟悉的节拍闹腾了一整个晚上。即使是在最体面的郊区,深夜回家的人也可以看见窗帘上人影绰绰。无论下雪还是起雾,没有一个广场缺少谈情说爱的情侣。所有戏剧都是一样的主题。几乎每天晚上,酒店卧室里都会有子弹射穿脑袋。即使身体幸免伤残,也鲜有心灵可以毫发无损地进入坟墓。戏剧和流行小说很少谈及别的。我们却说这件事无关紧要。

由于莎士比亚和阿多尼,莫扎特和贝克莱主教的原因——选个你喜欢的——真相被隐藏了,我们大多数人的夜晚都过得十分美好,或只是带着一条蛇滑过草地时的那种战栗。但隐藏本身就会分散阅读和聆听的注意力。如果弗洛琳达有思想,她可能会用一双比我们更清明的眼睛去阅读。她和她那类人已经解决了那个问题,通过将之转化为每晚睡觉前洗手那样的琐事,唯一棘手的问题是你喜欢热水还是冷水,一旦解决了这个问题,思想就可以无拘无束了。

但在晚餐吃到一半时,雅各突然纳闷,她究竟有没有思想。

他们坐在餐厅的一张小桌旁。

弗洛琳达将胳膊肘支在桌子上,双手托着下巴。她的披肩滑落到了身后。她戴着不少明晃晃的珠子,整个人金光灿灿地出现了,她的脸庞就像身体绽放出的花朵,清纯、洁白,眼睛坦然地左顾右盼,或者慢慢地落在雅各身上,停留在那儿。她说:

"你记得那只很久以前那个澳大利亚人落在我房间的大黑箱子吗?……我总觉得貂皮大衣会让女人显老……现在进来的是贝希斯泰……我刚才在好奇你还是个小男孩时长什么样,雅各。"她啃了一口面包卷,看着他。

"雅各。你就像那其中的一座雕像……我想大英博物馆还有些有趣的东西,你说呢?很多有趣的东西……"她憧憬地说着。屋子挤满了人；温度越来越高。在餐馆里聊天就像是朦朦胧胧的梦游者的呓语，有那么多东西要看，那么多嘈杂的声响，别的人在说话。可以偷听吗？噢，但他们绝不能偷听我们讲话。

"那像是艾伦·内格尔——那个女孩……"云云。

"认识你之后我非常开心，雅各。你是个很好的人。"

房间越来越挤，讲话声越来越大，刀叉响得更厉害了。

"欸，你知道她那样说是因为……"

她打住了。每个人都不吱声了。

"明天……星期天……一个糟糕的……你告诉我……走开！"哗啦！她冲了出去。

他们邻桌的声音越来越大了。突然，那女人将盘子全扫到地板上。那个男人被晾在那儿。每个人都盯着看。然后——"欸，可怜的小伙子，我们不能只是坐着看。不像话！你听见她说什么了吗？天哪，他看起来像个傻子！我估计，应该是没有成功。满桌布的芥末。服务员都在笑。"

雅各注视着弗洛琳达。他觉得她的脸上似乎有种极度无脑的表情——当她坐着傻看时。

那个黑人女子冲了出去,帽子上的羽毛舞动着。

不过她必须去个地方。夜晚并不是汹涌澎湃的黑色海洋,你能像星星一样沉浸其中或在其上航行。事实上,那是一个潮湿的十一月的晚上。索霍区的街灯在人行道上投射下许多油腻的大亮点。小街很暗,足够遮蔽靠在门边的男女。当雅各和弗洛琳达靠近时,一个女人急忙离开了。

"她落下了她的手套。"弗洛琳达说道。

雅各跑上前去,把手套递给她。

她激动地道谢,原路返回,又掉了她的手套。但是为什么?为了谁?与此同时,另外一个女人去了哪儿?那个男人呢?

街灯照得不够远,所以我们不得而知。各种声音,愤怒的、淫逸的、绝望的、激情的,都与夜间笼中困兽的声响相差无几。只不过他们没有被囚禁,也并不是野兽。拦住一个人,向他问路,他会告诉你,但是人们害怕向他问路。害怕什么?人的眼睛。路面一瞬间变窄了,鸿沟加深了。看!他们已经消失在其中——男人和女人。再远一些,一间寄宿公寓大张旗鼓地宣传它值得称道的可信度,在没有挂窗帘的窗户后面展示出伦敦的稳定的证据。他们坐在竹椅上，穿得像淑女和绅士，在灯光下清晰可见。生意人的遗孀们费尽心思地证明她们与法官有关系。煤商的妻子立马反驳说她们的父亲雇佣过马车夫。一位用人端来了咖啡，钩针编织的篮子只好挪开。看过诸如此类的景象后，雅各挽着弗洛琳达走进黑暗，在这里路过一个卖身的女孩，在那里经过一个只卖火柴的老妇人，走过从地铁站里涌出的人潮和用纱巾蒙住头发的女人，最后经过的只有紧闭的大门，精雕的石柱，和一位孤独的警察，才终于回到了他的房间，点亮了台灯，一言不发。

"我不喜欢你这副样子。"弗洛琳达说道。

这个问题无法解决。身体被大脑牵制着。美貌与愚蠢并存。她坐在那里注视火焰，正如先前她盯着破芥末罐子一样。尽管在为低俗辩护，雅各还是怀疑自己是否喜欢赤裸裸的粗俗。他对男权社会、修道院的房间、经典著作深恶痛绝；无论是谁塑造了这样的生活，他都做好了火冒三丈的准备。

接着弗洛琳达将手搭在了他的膝头。

毕竟，这不是她的错，但是这种想法令他伤心。让我们衰老丧命的并不是灾难、谋杀、死亡、疾病；而是人们看、笑和跑上公共汽车台阶的样子。

不过随便什么借口都能应付一个愚蠢的女人。他告诉她，他头痛。

但当她无言地看着他，半信半疑，或许带有歉意，无论如何，说着他之前说过的话，"这并不是我的过错。"身材挺拔漂亮，她的脸粉嫩白皙，就像贝壳中的贝肉，于是雅各明白修道院和经典著作是无济于事的。这个问题无法解决。

第七章

最近,一间与东方贸易的商行上市了一种能在水面上盛开的小纸花。因为在饭后使用洗指钵也是一个习俗,这项新发明便显得大有用处。五彩小花在这些被遮蔽的湖泊上漂荡;时而在滑腻的水波上浮漾,时而沉入水中,像搁在玻璃地板上的卵石。它们的命运被许多专注和愉快的眼神注视着。这确实是使人们心灵契合、家庭和谐的伟大发明。那纸花功不可没。

但绝不能认为它们可以取代大自然的芳华。特别是玫瑰、百合、康乃馨,它们从花瓶的边沿望去,审视着它们那些人工制造的"亲戚们"那光鲜但稍纵即逝的生命。斯图亚特·奥门德先生提出了这种观点;人们认为其十分迷人;基蒂·克拉斯特在六个月后就嫁给了他,也是拜其所赐。但真花是必不可少的。如果没有它们,人类的生活将完全不同。因为花会凋零,菊花尤甚;今晚娇艳欲滴,明早便枯黄不堪——惨不忍睹。总而言之，尽管价格不菲，康乃馨最贵；然而问题是，把它们捆绑起来是否是明智之举。一些商店建议如此。无疑，要在舞会上拿着花只能这么做；但这样做在晚宴上是否有必要，仍然众说纷纭，除非房间非常热。坦普尔老太太曾建议在碗里放片常春藤叶——只是一片。她说这能让水保持好几天的清澈。但也有理由认为坦普尔老太太错了。

然而，刻有名字的小卡片是一个比花更严重的问题，累垮了更多马的腿，耗费了更多车夫的生命，白白挥霍了更多午后的美好时光，比我们赢滑铁卢战役所消耗的还多，并且还要付出金钱。那些小恶魔像战争一样是万恶之源，带来了同样多的缓刑、灾难和焦虑。有时邦汉姆太太出去转转，其余时间她都在家待着。但是，即使卡片被取代，虽然这看起来很不可能，但仍有桀骜的力量将生活卷入风暴中，扰乱勤勉的晨光，夺走午后的安稳——裁缝，以及糖果店。六码的丝绸才能裹住一个身体；但如果你必须设计出六百种样式，两倍的花色呢？忙到半路时出现一个紧急的问题，就是上面抹了簇簇绿奶油和黏稠杏仁糊的布丁，

第七章

还没到呢。

火烈鸟时不时轻轻振动羽翼飞越长空,但它们经常把翅膀浸入漆黑之中,比如诺丁山或克勒肯韦尔郊区。难怪意大利语仍是一门隐蔽的艺术,钢琴总是弹奏着同一首奏鸣曲。佩奇太太是一个六十三岁的寡妇,领五先令的院外救济,从她在马基先生染坊里工作,一到冬天就胸痛的独生儿子那得些赡养费,为了给她买一双弹力长筒袜,信肯定是要写的,莱茨先生卖的日记本中那一栏栏的空白处逐渐被简洁的圆体字填满,写着天气多么好,小孩子多么调皮,雅各·佛兰德斯多么不谙世事。克拉拉·达兰特买了长袜,弹了奏鸣曲,往瓶子里插了花,拿到了布丁,留下了卡片,当漂游在洗指钵里的纸花这一伟大发明被发现了之后,她是最惊叹于它们短暂生命的人之一。

从来不乏讴歌这一主题的诗人。比如埃德温·马莱特,如此写下他诗歌的结尾:

在克洛伊的眼睛里看到了他们的命运。

这让克拉拉在初读时脸红心跳,再读时大笑,说那就像她的名字本来是克拉拉,他却管她叫克洛伊一样。多么可笑的年轻人!在一个下雨的早晨的十点到十一点之间,埃德温·马莱特向她求婚,她却冲出房间,躲在她的卧室,楼下的蒂莫西整个早上都被她的啜泣吵得不能工作。

"你要怎样才能满意。"达兰特太太严厉地说,同时审阅着批注的首字母缩写相同的那张舞会节目单,或者说这次的字母有所不同——是 R.B 而不是 E.M.;现在是理查德·博纳米,那个长着威灵顿鼻子的小伙子。

"但我永远都不会嫁给一个长着那种鼻子的男人。"克拉拉说道。

"无理取闹。"达兰特太太说。

"我也太严格了。"她心想。此时克拉拉兴致全无,一把撕掉舞会节目单,扔到了火炉围栏里。

这就是在钵里漂游的纸花这一发明所造成的严重后果。

"请,"朱丽娅·艾略特说着,在几乎正对着门的窗帘边上就座,"不用介绍我。我喜欢旁观有趣的事。"她接着对萨尔文先生说,由于他是个瘸子,就被安排坐在椅子上,"一个聚会有趣的事就是看着人们——来来回回,来来回回。"

"上一次我们见面,"萨尔文先生说道,"是在法尔夸家里。可怜的女士!她什么事都忍着。"

"她看起来不迷人吗?"克拉拉·达兰特从他们身旁走过时,艾略特小姐大声说道。

"哪一位?"萨尔文先生压低了声音,用古怪的声调问道。

"有那么多的人……"艾略特小姐回应道。三个男人站在门口东张西望,寻找着他们的女主人。

"你不记得伊丽莎白在班乔里跳苏格兰里尔舞的场景了,但我记得,"萨尔文先生说,"克拉拉缺乏她母亲的精神。克拉拉有一点苍白。"

"在这看到的人总是千差万别!"艾略特小姐感叹道。

"幸好我们不受晚报的左右。"萨尔文先生说。

"我从来不读晚报,"艾略特小姐说,"我对政治一无所知。"她补充道。

"钢琴弹得正好,"克拉拉经过他们身旁时说道,"但我们恐怕得请人把它挪一下。"

"他们要去跳舞吗?"萨尔文先生问道。

"没有人会打扰您的。"达兰特太太经过时匆匆说道。

"朱丽娅·艾略特。那是朱丽娅·艾略特!"希伯特太太伸出双手叫道,"还有萨尔文先生。有什么新闻吗,萨尔文先生?就我个人对英国政坛的看法——对了,我昨天晚上还想到了你父亲——我的故友之一,萨尔文先生。千万别说女孩往往不会爱!在我十岁之前,我就把莎士比亚的作品烂熟于心了,萨尔文先生!"

"不会吧。"萨尔文先生说。

"是真的。"希伯特太太说。

"噢,萨尔文先生,我很抱歉……"

"如果你能好心帮把手的话,我会自行挪一挪。"萨尔文说道。

"你和我母亲坐一块吧,"克拉拉说,"好像所有人都来了……卡尔索普先生,让我介绍一下,这位是爱德华兹小姐。"

"你要到外地过圣诞节吗?"卡尔索普问。

"如果我哥哥退役的话。"爱德华兹小姐回应。

"他在哪个部队?"卡尔索普问。

"轻骑兵二十团。"爱德华兹小姐回答道。

"说不定他认识我的兄弟?"卡尔索普说道。

"恐怕我没有听清您的名字。"爱德华兹小姐说道。

"卡尔索普。"卡尔索普先生回答。

"但有什么可以证明婚礼真的举行过了?"克罗斯比先生问道。

"没有任何理由怀疑查尔斯·詹姆斯·福克斯······"伯莱先生开口了;但刚说到这,斯特雷顿太太就告诉他,她跟他的姐姐很熟;和他的姐姐分开还不到六个星期;她认为那座房子很漂亮,但在冬天十分冷清。

"像如今的女孩一样到处乱跑——"福斯特太太说。

伯莱先生环顾四周,看到罗丝·肖朝她走了过来,便伸出手招呼道:"怎么样!"

"没怎样!"她回应道,"没有任何情况——尽管我特意留出整个下午让他们单独相处。"

"哎呀,哎呀,"伯莱先生说,"我要叫吉米吃早饭了。"

"但谁能抗拒得了她?"罗丝·肖嚷道,"最亲爱的克拉拉——我知道我们不应该试图阻止你……"

"我知道你和伯莱先生在嚼舌根。"克拉拉说道。

"生活是邪恶的——人生是可憎的!"罗丝·肖喊道。

"这种事情没什么可说的,是吧?"蒂莫西·达兰特对雅各说道。

"女人们喜欢。"

"喜欢什么?"夏洛特·威尔丁说着,走到他们面前。

"你从哪儿来?"蒂莫西问,"找个地方吃饭吧。"

"好啊。"夏洛特说。

"大家下楼去吧,"克拉拉经过时说,"蒂莫西,带上夏洛特。你好,佛兰德斯先生。"

"你好,佛兰德斯先生,"朱丽娅·艾略特说道,同时伸出了手,"你最近怎样?"

谁是西尔维亚?她是做什么的?

为何我们年轻小伙都夸奖她?

艾尔斯贝思·西顿斯唱道。

每个人都站在原地,或找把空椅子坐下。

"唉。"站在雅各身旁的克拉拉叹息着,她正走到半道里。

> 让我们为西尔维亚欢唱,
> 西尔维亚至高无上;
> 她举世无双,
> 胜过凡间的众生景象。
> 让我们把花环献上。

艾尔斯贝思·西顿斯唱道。

"啊!"克拉拉大声叫好,拍着戴着手套的手;雅各则光着手鼓掌;接着她走上前去,将人们从门道里引进来。

"你住在伦敦?"朱丽娅·艾略特小姐问。

"是的。"雅各说。

"住在公寓?"

"是的。"

"那位是克拉特巴克先生。你在这儿总是会看到克拉特巴克先生。我想他在家不是特别开心。他们说克拉特巴克太太……"她压低了声音,"所以他整天待在达兰特家。他们演沃特利先生的戏时,你在场吗?哦,不,当然不在——在最后一刻,你听到了吗——我想起来了,你必须回哈罗盖特看你母亲——在最后一刻,我刚才在说,当一切准备就绪了,服装就位了,所有的——现在艾尔斯贝思又要唱歌了。我想克拉拉正在表演伴奏或替卡特先生翻乐谱。不,卡特先生在自己弹——那是巴赫的曲子。"在卡特先生弹起前几个小节时,她小声嘀咕着。

"你热爱音乐?"达兰特太太问。

"是的。我喜欢听,"雅各回答道,"我对音乐一无所知。"

"懂的人很少,"达兰特太太说道,"我敢说没人教过你。为什么会这样,贾斯帕爵士?贾斯帕·比格哈姆爵士——佛兰德斯先生。为什么没人教授他们应该知道的东西,贾斯帕爵士?"她离开了,留下他们靠墙站着。

两位男士已经有三分钟没有出声了,尽管雅各向左挪动了大概五英寸,接着又向右移动了同样的距离。雅各哼了一声，突然穿过了房间。

"你想不想吃点什么？"他对克拉拉·达兰特说。

"是的，冰激淋。快走，就是现在。"她说。

他们走下了楼梯。

但是他们在半路遇到了格雷斯哈姆夫妇、赫伯特·特纳、西尔维亚·拉什莱，还有一个他们壮着胆子从美国带来的朋友，"认识达兰特太太——想引见给皮尔彻先生。皮尔彻先生来自纽约——这是达兰特小姐。"

"久仰大名。"皮尔彻先生说着，鞠了个躬。

于是，克拉拉撇下了雅各。

第八章

　　大约九点半,雅各砰地关门离开了,屋子里其他房门也相继关上。他买了份报纸,便登上公共汽车,或在天气晴好时,像别人一样走路上班。一路上他都低垂着头,视线掠过一张书桌、一部电话、一些绿封皮的书、一盏电灯……"要加煤吗,先生?"……"您的茶,先生。"……到了办公室,先谈论一番足球:热刺队、丑角队,再由勤杂工送来六点半印出的星报;格雷律师学院的白嘴鸦从头顶掠过;树枝在雾中显得单薄而脆弱;车流的轰鸣中不断有一个声音高喊:"判了——判了——赢了——赢了",而信件在篓子里堆积成山,雅各将之一一签署。每当华灯初上,他脱下外套时,总感觉脑子里有一根筋重新舒展开来。

　　随后,雅各有时会下棋,或去邦德大街看场电影,或在漫漫回家路上挽着博纳米散步,前行时,任思绪在脑海中翻飞;仰起头,看大千世界的壮丽非常。引人赞叹的明月于教堂塔尖上初升,海鸥冲破云霄,纳尔逊①在他的纪念柱上远眺天际,而世界就是我们的船。

与此同时,可怜的贝蒂·佛兰德斯的信赶上了当天的第二轮邮寄,被搁在门厅的桌子上———如寻常的母亲们,可怜的贝蒂·佛兰德斯在儿子的名字"雅各·阿兰·佛兰德斯"后添上了"先生"的称谓;纸上笔墨时淡时浓,使人联想到斯卡伯勒镇的母亲们在茶被撤走后,将脚搁在栅栏上,在壁炉旁信笔涂鸦的景象。谁也说不准她们会写些什么——大概就是——"不要被狐狸精勾了魂去,务必做一个好孩子","记得多穿衣服","回家吧,回到妈妈身边"。

但她并没有提及这些。"你还记得昔日的沃格雷夫小姐吗?她在你得百日咳的时候待你不薄,"她写道,"她最终还是死了,可怜的人儿。如果你能去封信,他们定会欢喜的。艾伦来了,跟我逛了一天街,挺惬意的。老毛斯腿脚已很不灵便,连爬上最矮的山坡都需我们搀扶。丽贝

---

① 霍雷肖·纳尔逊海军中将(Vice-Admiral Horatio Nelson, 1758—1805),英国18世纪末及19世纪初的著名海军将领及军事家。

第八章

卡终于进了亚当逊先生家,也不知这是等了多久才决定的,估计人都该长出三颗牙来了。今年才这个时节,气候就如此宜人,梨树竟已然发了芽。还有,贾维斯太太跟我说——"佛兰德斯太太对贾维斯太太抱有好感,总是说她这么好的人待在这种穷乡僻壤太遭罪了,以及,尽管她从来不听贾维斯太太抱怨,又在她发泄完后(抬起眼、咬断棉线或摘下眼镜时)若无其事地叮嘱她一些诸如在鸢尾花根周围壅上一点泥炭可防结霜、下周二鹦鹉牌床上用品大减价的琐事,"可别忘了。"佛兰德斯太太心里清楚贾维斯太太的感受。她那些关于贾维斯太太的信件也着实有趣,若是年年翻来覆去地读也不会厌烦——妇人们未曾发表的著作均在炉边写就,因为吸墨纸已被用得破烂不堪,笔尖开叉导致墨水凝结其上,字迹虽然惨淡,实则费了好些笔墨。接下来是巴富特上尉。她管他叫"那位上尉",说起他时十分坦率,但也并非毫无保留。上尉最近帮她打听了加菲特家的地;还建议她养些鸡,说是一定能赚钱;说自己得了坐骨神经痛;或是巴富特太太好几个星期不曾出门;若是讲起现状不容乐观,便是在说政治,因为据雅各所知,上尉有时会谈论爱尔兰或印度,一直谈到夜深人静。随后,佛兰德斯太太便会陷入对她哥哥莫蒂的思念中,他消失了这么多年——是落在土著手里了,还是沉船了——海军部会通知她吗?此时上尉磕净了烟斗,如雅各猜到的那般起身准备离开,僵硬地伸手去捡佛兰德斯太太滚到椅子底下的毛线。鸡舍的事情一而再、再而三地被提起,女人们即使到了五十岁,也总是心血来潮,在虚无缥缈的未来中构想出一群群来亨鸡、交趾鸡和奥尔平顿鸡。她的轮廓依稀与雅各相似,只不过一如他昔日那般强壮;整日精力旺盛地在屋子里四处奔走,数落着丽贝卡。

信就放在门厅的桌子上;弗洛琳达那晚来时顺手将它拾起,又在亲吻雅各时将它随手放在桌上。雅各认出了笔迹,便把它留在台灯底下,在饼干罐和烟草盒之间。随后他们便进了卧室,并关上身后的门。

对于正在发生的一切,客厅既不清楚也不关心。卧室大门紧闭,想想看木头嘎吱作响所能传达的,除了上蹿下跳的老鼠和喧闹如孩童的干木头的所有信息。这些仅靠砖木筑成的老房子浸满了人的汗液、沾尽了人的污垢。但如

第八章

若那张放在饼干盒旁的淡蓝色信封拥有母性的话,那种微弱的嘎吱声和乍然的骚动就会让其伤心欲绝。门后所发生的事污秽不堪,让人胆战心惊,她会像将死之人或面临分娩的母亲一般,感到恐惧流过全身。或许直接闯进去直面一切,要比坐在前厅听那种微弱的嘎吱声和乍然的骚动强,因为她已是痛苦不堪,针针穿心。儿呀,我的儿子——这便是她的哀叹,只有吐露出来才能遮掩她想象中他与弗洛琳达缠绵的情形。对于一个带着三个孩子住在斯卡伯勒的女人来说,这样的想象是不可原谅、近乎荒唐的。而错全在弗洛琳达。事实上,当这对男女打开房门出来的时候,佛兰德斯太太绝对会暴跳而起,向她猛扑过去的——只不过先出来的是雅各,他身着浴袍,温柔、威严、健美,一如刚出门透气回来的婴儿,一双眸子如流水般清亮。弗洛琳达跟在后面,伸着懒腰,打了个哈欠,在镜子前梳头——而雅各在读母亲的来信。

让我们将注意力放回到那些书信上——它们在早餐时或者夜晚送达,贴着黄色和绿色的邮票,邮戳一盖便成了不朽之物——因为在别人桌上看见自己写信用的信封时,便会意识到,终结一件事并与之再无瓜葛可以多么迅速。最后,思想脱离肉体的力量一览无余,也许是我们的恐惧、厌恶或渴望让桌上这张我们自身的幻影消失殆尽。然而,有些信无非讲了七点的晚餐如何;别的则在说订煤的事;还有的则是预约见面。这些信件的笔迹都很难分辨,更别说其后隐藏的音容愁貌了。欸,可当邮差叩门、信件送达时,奇迹似乎总是再次发生——有些话语试图传达。信件值得人敬重,它们是那么勇敢、孤苦和迷惘。

没有书信的生活将四分五裂。"来喝午茶,来吃晚餐,事情的真相是什么?你听说那个消息了吗?在首都的日子过得轻松愉快;那些俄罗斯舞者们……"这就是我们精神的支柱和生活的动力。它们维系了我们的岁月,让生活圆满,如一个球体。只是,只是……当我们去赴晚宴,当我们指尖相握、期待不久在某地再见时,一种疑虑便悄然产生;我们难道就这样虚度光阴?寸金难买的时间早早就发配给我们——喝茶?出门吃饭?请帖堆积成山,来电接踵而至。我们无论去哪都会被线路和管道包围,它们传达的那些声音试图渗透我们生活的每一个角落,直到我们生命的最后一秒。"力图渗透,"当我们举杯、握手、表达祝愿时,有谁在喃喃低语:这就是全部?难道我永远无法理解、参与、确信?我是否一辈子都注定用来写信、通话,信封落在茶桌上,声音在电缆里消逝,还有在生命流逝时,约人吃个饭?即便如此,信件依然值得敬重;而电话则是勇敢的,因为人生之旅不免孤寂,若有了信件和电话相伴,兴许——谁知道呢?我们还能一路谈天说地。

总之,人们已经试过了。拜伦写过信。柯珀也是。多少个世纪以来,写字台里总是放着刚好适合让朋友们通信的纸张。语言大师们和流芳百世的诗人们,放弃耐用的信纸,转而去用容易腐朽的,然后移开茶碟、挪向炉火(因为信往往要在阴影里环抱着一处明亮的红色孔洞时写就),全身心投入到抵达、触及、打动人心的事业里去。要是可能的话!只是很多词句已被用滥,被人把玩打磨后扔到街上,暴露在尘土中。我们梦寐以求的言词就悬挂在树木两侧,黎明来时,我们看见它们隐匿叶下,芬芳馥郁。

佛兰德斯太太写信;贾维斯太太写信;达兰特太太也写信;斯图尔特大妈还给她的信纸洒香水,从而增添了一种英语表达不出的韵味;雅各在得意时期给年轻的大学生写过一些关于艺术、道德和政治的长信。克拉拉·达兰特的信则像个孩子写的。弗洛琳达——她与她的笔之间有一道不可逾越的障碍。想象一下一只蝴蝶、蚊子或别的带翅的昆虫,附着在一根沾满泥巴的棍子上从纸上滚过的情形。她错字连篇、思想幼稚。还有不知为何,她每次写东西都要声明一番她对上帝的信仰。之后就是一堆涂改的痕迹——沾满了泪痕;东拉西扯,只有她的热忱能够补救——而这的确总是挽救了弗洛琳达。不错,无论是为了巧克力冰激淋、热水澡,还是梳妆镜中她的脸型,弗洛琳达除了痛饮威士忌以外再无方法掩饰她的感情。她的嫌弃之情是无法抑制的。伟人往往坦率,而这些盯着炉火、拿出粉扑、对着一寸长的镜子搽脂抹粉的卑贱的女人们,倒也有一种(雅各觉得)不可亵渎的真实。

然后,他看见她挽着另一个男人的手拐进希腊大街。

弧光灯将雅各从头到脚照了个透亮。他在灯下一动不动地站了一分钟。街上光影交错。其余孤单的成群的身影涌到街上,飘摇而过,把弗洛琳达和那个男人淹没了。

雅各全身都被灯光浸透了。他裤子上的图案、他手杖上的旧刺、他的鞋带、他没戴手套的手和他的脸庞,都清晰可见。

犹如一块石头被磨成了粉末;犹如白色的火花从一块青色磨刀石上迸发,而磨刀石就是他那时的脊背;仿佛曲折蜿蜒的铁轨向深渊俯冲下去,一落千丈。这便是他那时的表情。

他当时内心的想法我们就不得而知了。因为比我们年长十岁、性别不同,最初我们产生的是对他的恐惧;这种感情接着被帮助他的愿望吞没——惊人的意念、强烈的理性,和属于黑夜的时辰;愤怒则紧随其后——对弗洛琳达、对命运的怨愤;之后则会冒出一种不负责任的乐观。"无疑此时街上灯火辉煌,足以让我们的烦恼沐浴在金光之中!"欸,何须多言呢?在你念念有词、回首顾盼莎夫茨伯里大道的当儿,命运正在他身上刻下烙印。他已经转身离去了。至于跟着他回到他的住处去,不——我们还是别这么做。

而那恰好就是人们所做的事。他进了屋,关上门,尽管此时城里的某座钟才刚敲十点。没人会在十点睡觉的,也没人这么想过。时值一月,天气阴沉,而瓦格太太站在家门口的台阶上,仿佛在期待着什么事情发生。手风琴演奏得好比湿漉漉的树叶下一只讨人厌的夜莺。孩子们跑过街道。到处都能看见门厅里棕色的嵌板……走路时总是留意别人家的窗台底下,真是奇怪得很。注意力一会儿到了棕色嵌板上,一会儿到了盆里的蕨草上;为手风琴演奏的舞曲即兴填句词儿,接着又捉弄一个醉汉;最后全神贯注地听着那些可怜人隔街对喊的话(多么痛快,多么精神)——而与此同时,这一切就如紧绕在磁铁周围的铁砂,在房间里孑然一身的少年周围上演。

"生活既可恶,又可恨。"罗丝·肖叹道。

人生的奇怪之处在于,即便千百年来人人都对它的本质一目了然,却无人曾留下任何恰当的记述。地图描绘了伦敦的街道,而我们的情感却未经测绘。拐过这个街角,你会碰见什么?

"霍尔本街就在前面。"警察说。欸,但如果你没有与那位佩戴银色勋章、拉着廉价小提琴的白胡子老头擦肩

第八章

而过,你将去往何方?你让他接着讲自己的故事,最后他邀请你去个什么地方,大概是他在女王广场边上的房间,在那儿他给你展示了他收藏的鸟蛋和一封来自威尔士王子的秘书的信,而这件事(省略中间过程)则在一个冬日将你带到了埃塞克斯海岸,小艇离岸驶向轮船,轮船扬帆启航,你远眺着天边的亚速尔群岛,火烈鸟飞离水面;而你坐在沼泽边上喝着朗姆潘趣酒,成了被文明世界驱逐的人,因为你犯了罪,很可能染了黄热病,还有——你大可自行想象。

在我们前行的旅途中,这些命运的岔口就和霍尔本的街角一样常见。但我们仍然一往无前。

几天前在达兰特太太家的晚会上,罗丝·肖跟鲍利先生相当动情地说,人生太可恶了,因为一个叫吉米的男人拒绝娶一个叫海伦·爱特肯(假如没记错的话)的女人为妻。

一双人郎才女貌。两个人都没精打采。那张椭圆形茶桌一如既往地隔开了他们,那盘饼干就是他给过她的所有东西。他鞠了个躬,她微微颔首。他们跳起了舞。他的舞姿美得宛如天仙下凡。他们坐在凉亭里,不发一言。她的泪水浸湿了枕头。善良的鲍利先生和亲切的罗丝·肖又惊奇又悲哀。鲍利在奥尔巴尼有寓所。罗丝在每晚钟敲了八下的时候，就会变得焕然一新。四个人都是文明社会培育出的优秀成果，如果你坚持认为会说英语是我们的天赋之一，那么只能说美几乎从不发言。郎才女貌的组合使人望而生畏。我常常看见他们——海伦和吉米，并把他们比作随波逐流的两艘轮船，而为我自己的小舟担忧。又或者，你有没有目睹过蹲伏在二十码开外的可爱的柯利牧羊犬？她把茶杯递给他时，她的两肋直打颤。鲍利清楚眼下的情况——便叫吉米去吃早餐。海伦肯定是跟罗丝吐露衷肠了。于我而言，要理解没有词的音乐太过艰难。现在吉米在佛兰德斯家喂乌鸦，海伦去看医生了。噢，这可憎的人生，这可恶的生活，正如罗丝·肖所言。

伦敦的灯光挑起了浓稠的夜色，犹如挑在灼烧的刺刀尖上。黄色的华盖渐沉，涌动着覆在那张庞大的四柱卧床上。旅客乘坐邮车驶进18世纪的伦敦，他们透过光秃秃的枝杈，看见这座城市在其下闪耀。在黄色的、粉色的窗帘后面，在楣窗之上，以及地下室的窗户内，灯火通明。索霍区的街市光彩夺目。生肉、瓷杯、丝袜在其中熠熠生光。粗粝的声响裹在耀眼的燃气喷管周围。他们双手叉腰,站在人行道上吆喝——凯特尔先生和威尔金森先生;他们的妻子坐在店里,脖子上围着皮草,两臂交叉抱胸,眼神中透露着轻蔑。这就是人们看到的面孔。那个摆弄着肉的矮个子准在数不清的公寓的炉火前偷偷睡过觉,想必听闻了人生百态,已是见多识广,所以他的经历似乎正从他漆黑的眼瞳、松弛的口唇中源源不断地流露出来,在他沉默地拨弄着肉的时候,他的表情悲伤得使他像一个诗人,而歌声从未响起。裹着披肩的妇女抱着眼皮发紫的婴儿;男孩们站在街道拐角处;女孩们向马路对面张望——这些都是书里一幅幅草拟的插图和绘画,而我们就像终会找到我们所寻求的事物一般,将这本书翻阅了一遍又一遍。每一张脸、每一家店、卧室的窗、酒馆和黑暗的广场都是我们匆忙翻过的一张图片——所寻为何?书都大同小异。我们翻遍千千万万张书页是为了什么?现在仍然满怀期待地翻着书页——噢,这就是雅各的房间了。

他坐在桌前读《环球报》。浅粉色的报纸平摊在他面前。他一手撑着脸,使得脸颊上的皮肤被挤出了深深的皱褶。

他看起来极其严肃、强硬、目空一切。(在半小时内人们能经历多少！但没有什么可以挽救他。这种事就是我们这里景物的特点。来到伦敦的外国人几乎没有不去参观圣保罗大教堂的。) 他评判着生活。这些粉色、绿色的报纸是每晚被压紧在苍生的脑中与心上的胶质薄膜。它们将整个世界拓印下来。雅各瞥了一眼。罢工、谋杀、球赛、尸体认领；英国各地的声音一同响起。不幸的是《环球报》无法给雅各·佛兰德斯提供更好的消息。当一个孩童朗诵历史时，听他用稚嫩的嗓音拼读出那些古旧的词语，人们不免赞叹，却是夹杂着愁绪。

首相的演讲用了超过五篇专栏的篇幅报道。雅各摸了摸口袋，掏出一支烟斗装满。五分钟、十分钟、十五分钟过去了。雅各把报纸拿来，扔到火里。首相提出一项让爱尔兰自治的措施。雅各磕净了烟斗。他无疑是在考虑爱尔兰自治的事——一个烫手山芋。今夜寒冷彻骨。

雪下一整晚，下午三点时，漫山遍野都是白茫茫的一片。簇簇枯草在山头格外显眼；金雀花丛茂密非常，寒风卷起阵阵冰粒，紧随其后的一种阴郁的战栗时不时掠过雪地。

第八章

听起来像是扫帚在唰唰地扫地,唰——唰——。

溪流沿着隐匿的道路徐行。枝杈和落叶缠在冻住的草丛里。天空是阴沉的灰色,树木则是铁一般的漆黑。在乡下,条件的艰苦是一成不变的。四点钟,雪又下了起来。白昼消逝了。

只有一扇染成黄色、约两尺宽的窗户还在顽抗着白色的原野和黑色的树林……六点钟,一个提着一盏灯的男人的身影穿过田野……由细枝编成的筏子倚靠在石头旁,忽然间脱开了身,随后向涵洞漂去……一堆雪从冷杉枝上滑落下来……之后传来一阵凄惨的哭声……一辆汽车沿路驶来,将前方的黑暗推开……黑暗在其后方重新聚拢……

全然静止的空间将这些动作一一隔开。大地似乎已死……之后,老牧羊人身形僵硬地穿过田野回来了。冰封的土地被人踩在脚下,又像踏车一样往下释放压力。时钟用疲惫的声音整晚不断地报时。

雅各也听到了钟声,于是耙灭炉火。他起身,伸了个懒腰,然后上床睡觉。

第九章

　　罗克斯比尔伯爵夫人单独与雅各坐在餐桌上首。至少两个世纪以来（如果算上母系社会则有四个世纪），伯爵夫人露西因为有了香槟和香料的滋养，显得气色颇佳。她那擅长辨别香气的鼻子总是伸得老长，似乎在追寻着不同的气味；她的下唇有一条细窄的红色隆起；她长着一双小眼睛，两簇浅棕色的眉毛，以及结实的下巴。在她身后（窗户正对格罗斯夫纳广场），莫尔·普拉特站在人行道上兜售紫罗兰；希尔达·托马斯太太提起裙边，准备过马路。一人来自沃尔沃思，另一人来自普特尼。两个人都穿着黑色长筒袜，但托马斯太太裹着毛皮披肩。这样的对比则衬出了罗克斯比尔夫人的优势。莫尔更加幽默，但太过热情也很愚蠢。希尔达·托马斯则油嘴滑舌，她所有银质画框都没摆正；将盛蛋杯放在画室里；窗户则遮掩起来。无论罗克斯比尔夫人的外貌存在多少缺陷，她也算是个骑马纵犬的打猎好手。她游刃有余地用完餐刀,亲手撕开鸡骨头,并请雅各原谅她的失礼。

"是谁驾车过去了?"她问管家博克瑟尔。

"回夫人,是菲特米尔夫人的马车。"她这才想起要寄一张卡片去问候一下伯爵的近况。一位失礼的老妇人,雅各暗想。红酒风味极好。她自称是"老太婆","赏脸与一个老太婆共进午餐"——这话他听了很高兴。她谈起约瑟夫·张伯伦,此人她曾有所耳闻。她说雅各一定要来见见——我们的名流之一。艾丽丝小姐牵着三条狗进来了,还带着杰基,他一进门就忙跑去亲吻他的祖母,此时博克瑟尔送来一份电报,有人递给雅各一支高档雪茄。

马在腾跳前会先减速、侧身、铆足劲,然后巨浪般一跃而起,向远处俯冲过去。篱笆和天空划着半圆急转直下。之后,你的身体仿佛与马的身体合二为一,你的双腿与它正在弹跳的前腿长在一处,你从空气中奔驰而过,地面富有弹性,两具肢体合为一团肌肉,而你也在控制着局势,挺直腰杆一动不动,双眼精准地审时度势。然后弧线到头了,变成了直上直下的捶打地面,而这可不平稳;你把马拉停时晃了一下；你往后坐了一点儿，神采奕奕、心潮澎湃、热血沸腾、气喘吁吁："啊！嗬！哈！"马群挤在设有路标的那个十字路口，身上热气腾腾，而系着围裙的女人站在那里，凝视着门口。男人也从白菜地里站起来，望向门口。

雅各策马驰过埃塞克斯原野，却扑通一声摔进泥里，脱离了打猎队伍，只好一个人骑着马吃三明治，他边咒骂自己的晦气，边盯着篱笆看，发现上面的颜料似乎刚被刮了。

他在小酒馆里吃了茶；大家伙儿都在那拍手、跺脚，说着"您先请"，干脆利落而不失风趣，个个脸红得像火鸡的肉髯。他们无话不谈，一直到盘了发髻的霍斯菲尔德太太和她的朋友杜丁小姐提着裙边出现在门口。之后汤姆·杜丁用鞭子叩了叩窗户。一辆汽车突突地驶进院子。先生们一边摸火柴，一边往外走，雅各和布兰迪·琼斯则走进酒吧，和乡下人一起抽烟。独眼龙老杰文斯也在那儿，穿着一身土色的衣裳，背着包，心思扎在地底那些紫罗兰根和荨麻根之间；玛丽·桑德斯拿着她的木盒子；教堂司事的傻儿子汤姆打发人去要啤酒——凡此种种，都发生在伦敦方圆三十英里之内。

科文特广场恩德尔街的帕普沃思太太为新广场的林肯律师学院的博纳米先生干活,正当她在碗碟间里洗刷晚餐餐具时,她听见那位青年绅士在隔壁说话。桑德斯先生又来了,她指的是佛兰德斯。当一个好管闲事的老太婆连名字都记错时,她还怎么如实地转达一场争论呢?在她拿着盘子在水下冲,然后把它们撂到嘶嘶作响的煤气灶下面时,她仍在听着,听着"桑德斯"用盛气凌人的大嗓门说道,"很好,"他说,然后就是诸如"千真万确""公正""惩罚"和"多数人意愿"的字眼。然后,她的主人扯着嗓子喊起来。她支持她的主人反驳"桑德斯"。然而"桑德斯"是位一表人才的青年(此时所有的残渣都在洗涤槽里打着旋儿,接着就被她那发紫的、几乎没有指甲的手给清理干净了)。"女人哪。"她想,琢磨着"桑德斯"和她的主人为什么要闹成那样,她沉思的时候,一只眼皮明显地耷拉下去,因为她是九个孩子的母亲——三个死产儿和一个天生的聋哑儿。把盘子搁到架子上去时,她又听见"桑德斯"说话("博纳米都没法插嘴",她想)。"客观事物",博纳米说;还有什么"共同基础"之类的——全都是很长的词儿，她注意到。"书念多了就是这样"，她自忖着，当她把胳膊塞进外套里时，听见什么东西掉了——可能是火炉旁的小桌子；然后就是一通跺脚声——仿佛他们扭打在了一起——从房间四面八方传来，震得盘子跳起舞来。

"明——天的早饭，先生，"她推开房门说道；房间里，"桑德斯"和博纳米就像两头巴珊公牛一样推来搡去、大吵大闹，椅子倒得横七竖八。他们一直没注意到她。她突然觉得他们就像自己的两个调皮的儿子。"您的早餐，先生。"当他们靠近了些，她便说道。头发蓬乱、领带乱飞的博纳米先生停住了，然后一把将"桑德斯"推到扶手椅里，解释说"桑德斯先生"打破了咖啡壶，他正在给"桑德斯"一些教训——

果不其然，咖啡壶的碎片就散落在炉边地毯上。

"这周除了周四都行。"佩里小姐写道，而这绝不是她第一次发出邀请。难道佩里小姐一周只有星期四没空，难道她唯一的心愿就是见见她那位旧友的儿子？时间像一匹匹洁白的长缎带，被送往未出阁的富家小姐们的住处，她们将带子绕了一圈又一圈、一圈又一圈，其间伴着她们的无非就是五个女仆、一个管家、一只漂亮的墨西哥鹦鹉、一日三餐、穆迪图书馆,还有不时来访的朋友。雅各没来,这已经令她有些伤心了。

"你的母亲,"她说,"是我结识最久的朋友之一。"

罗塞特小姐坐在炉火旁,用《旁观者》周刊挡在脸和火焰之间,她本来拒绝用防火栅,但最终还是用了。大家先讨论了一会儿天气,因为顾及帕克斯还在摆开那些小桌子,要事就推后再谈。罗塞特小姐将雅各的注意力引到了橱柜的美观上。

"你可真擅长收拾东西。"她说。那个橱柜是佩里小姐在约克郡找到的。之后大家讨论了一会儿英格兰北部地区。当雅各说话时,她们都在很认真地听。佩里小姐正想说点男人比较热衷的话题时,门开了,说是本森先生来了。现在房间里坐了四个人:六十六岁的佩里小姐、四十二岁的罗塞特小姐、三十八岁的本森先生和二十五岁的雅各。

"我的老朋友看上去还是那么精神。"本森先生边说,边敲着鹦鹉笼上的栅栏;罗塞特小姐正对茶赞不绝口;雅各递错了盘子;佩里小姐示意想和雅各坐近一些。"你的兄弟。"她开始含糊其辞。

"阿彻和约翰。"雅各补了句。接着,她很高兴自己回想起了丽贝卡的名字,以及"当你们还是小不点儿,在客厅里玩耍——"的那天。

"可佩里小姐还拿着锅把的套子呢。"罗塞特小姐说,而佩里小姐确实正把它紧紧攥在胸前。(她当时,可否爱过雅各的父亲?)

"妙极了"——"不及平常"——"我认为这极不公平,"本森先生和罗塞特小姐议论着周六的《威斯敏斯特报》。他们难道没有经常竞争奖金吗?本森先生不是赢了三次一个几尼,罗塞特小姐则一次赢了十六个便士?埃弗拉德·本森的意志固然薄弱,但也能赢个奖,纪念一下鹦鹉,拍佩里小姐的马屁,奚落罗塞特小姐,在他的住所举办茶会(房子是按惠斯勒的风格装潢的,桌上得摆着漂亮的书籍)。凡此种种,都让雅各觉得他是一个卑劣的蠢货,即使雅各对他并不了解。至于罗塞特小姐,她患过癌症,而最近在画水彩画。

"这么快就走了?"佩里小姐含糊地说,"我每天下午都在家,如果你没什么要紧事儿的话——不过周四除外。"

"据我所知,你从未抛弃过你的那些老小姐们。"罗塞特小姐说话时,本森先生正躬下身子去看笼子里的鹦鹉,而佩里小姐朝钟走去……

两座淡绿色的大理石柱间,火燃得分外明艳,壁炉上摆着一座绿钟,由倚戟而立的不列颠尼娅①守护着。至于画上所描绘的——头戴宽帽的少女从花园门上方向一位18世纪装束的绅士递了一束玫瑰。一只马士提夫犬伸展开四肢,靠着一扇破门卧着。窗户底部的玻璃是磨砂材质,长毛绒窗帘也是绿色的,被精准地用环箍住。

劳蕾特和雅各并排坐在两把套着绿色长绒套子的大椅子里,脚趾伸进壁炉的栅栏内。劳蕾特的裙子很短,她双腿修长,穿着透明丝袜。她用手指摩挲着脚踝。

"其实我不是不理解他们,"她若有所思地说,"我必须再试一次。"

"你什么时候到那儿?"雅各问。

---

① 不列颠岛的守护女神,头戴钢盔、手持盾牌及三叉戟。

她耸了耸肩。

"明——天?"

不,不是明天。

"这样的天气,让我想去乡下走走。"她边说边扭过头,透过窗户望着一幢幢高楼的背面。

"我希望周六你能和我一起。"雅各说。

"我以前常去骑马。"她说。她优雅从容地站了起来。雅各也起了身。她冲他笑了笑。她关门时,他把一大笔先令放到壁炉上。

总而言之,这场谈话再通情达理不过:一个极其体面的房间;一位聪明伶俐的少女。只有当夫人目送雅各离开时,她身上才显现出那种妖媚的斜视、那种淫荡的气质、那种全身的战栗(多半能从眼神中看出来),大有将好不容易收拢的一袋粪土泼到人行道上之势。简单来说,情势不妙。

不久之前,工匠们给麦考利勋爵的名字的最后一笔镀上了金,许多姓名排成连贯的一列,盘绕在大英博物馆的穹顶上。在离天花板很远的下方,成百上千的人坐在排列得像一个车轮的辐条的座位里,将印刷本上的内容誊抄到手写本上;他们偶尔起身查查目录;又蹑手蹑脚地回到座位上,时而会有一个默不作声的人过来替补他们的位置。

这时起了一个微小的变故。马奇门特小姐的一摞书倒了,掉到了雅各那边。这种事竟会发生在马奇门特小姐身上。身着旧绒裙、头顶暗红色假发、穿戴珠宝、长着冻疮的她,在成千上万张书页之间寻找着什么?有时是一件事,有时则是另一件事,来证实她那颜色即是声音的理念——或许,这大概又与音乐有关。她从来没法说清楚,但她也不是没有努力过。她没法请你去她的住所一叙,因为那里"恐怕不是很干净",所以她只得在走廊内叫住你,或在海德公园找一把椅子坐下来解释她的观点。灵魂的韵律取决于此——("那些男孩真没礼貌!"她会说),以及阿斯奎斯先生①的爱尔兰政策,莎士比亚走进来,"亚历山德拉女王有一次极其亲切地承领了我的小册子。"她会一边讲,一边把那些小男孩赶得远远的。但她需要资金出书,因为"出

---

① 阿斯奎斯(Herbert Henry Asquith, 1852—1928),英国自由党领袖,于1908年至1916年任英国首相。

版商是资本家——都是胆小鬼。"如此想着,她的胳膊肘儿便插进了那摞书里,将它弄倒了。

雅各纹丝不动地坐着。

而另一边反感长毛绒的无神论者弗雷泽,不止一次地走上前给别人发传单,又愤懑地走开。他对隐晦的事物深恶痛绝——比如基督教,和老帕克主教的公告。帕克主教写了书,弗雷泽便用理性的力量将其彻底否决,也不让他的孩子受洗——他的妻子曾偷偷地在洗衣盆里给孩子施洗——但弗雷泽没有管她,而是接着支持渎神者们、派发传单、在大英博物馆里组织起人来了解他的那套理论,他总是穿着同一件格子西装,打着火红的领带,但他面色苍白、身上沾着污渍、脾气暴躁。诚然,这是怎样的事业啊——摧毁宗教!

雅各将马洛的戏文整整抄了一段。

女权主义者朱莉娅·黑吉小姐正等着她的书。它们还没送来。她给笔蘸了蘸墨。她环顾四周。她的目光凝聚在了麦考利爵士名字的最后几个字母上。她把穹顶上的几圈名字都看了一遍——那些警醒我们的伟人的姓名——"真是不像话，"朱莉娅·黑吉小姐叹道，"他们怎么没给某个艾略特或勃朗特留一席之地呢？"

不幸的朱莉娅！就这样带着怨气给她的笔吸墨，鞋带松开了也没系。书送到后，她就投入繁重的工作中去，但透过她此时烧着怒火的某根敏感的神经，她察觉到那些男性评阅者在工作时是那么镇静、淡然且专注。就拿那个年轻人为例。他除了抄诗还有什么要做呢？而她就得统计数字。这世上女人比男人多，不错；但你若让女人像男人那样工作，她们会死得更快。她们会灭绝的。这是她的论点。死亡、苦恼和凡尘凝聚在她的笔端；当下午的时光渐逝，她的颧骨上泛起了红潮，眼里闪现出光彩。

但是雅各·佛兰德斯怎么会想着到大英博物馆里读马洛呢？年轻人，年轻人——带着点儿野性——还有些迂腐。譬如说梅斯菲尔德先生和本涅特先生。将他们塞进马洛似火的热情中烧为灰烬，片甲不留。别跟二流作家打交道。憎恶你所处的时代。建立一个更好的时代。为了将其付诸实施，得先给你的朋友读一读那些议论马洛的乏味透顶的文章。而这么做的前提就是，你得在大英博物馆里校对各种版本。你必须亲力亲为。那些偷梁换柱的维多利亚时代的文人或那些摇唇鼓舌的当代文人,则不值得信任。未来之躯完全取决于六个年轻人。因为雅各是其中之一,无疑他在翻书时会显出点儿威风八面的样子,朱莉娅·黑吉自然也就看不惯他。

而后来一个面容呆滞的男人递了一张纸条给靠在椅背上的雅各,于是两人便开始艰难地压着嗓音交谈,不久便一起出去了(朱莉娅·黑吉盯着他们),等一走进大厅便放声大笑起来(她是这么想的)。

阅览室里听不到笑声。有的只是衣料摩擦声、喃喃低语声、负疚的喷嚏声和突然爆发的肆无忌惮的咳嗽声。课堂时间快结束了,助教们正把练习册收上来。懒惰的学生想伸个懒腰。好学的学生则争分夺秒地奋笔疾书——唉,一日光阴易逝,却仍一事无成!人群中不时传来一声沉重的叹息,之后就是那个让人觉得丢脸的老头无所顾忌的咳嗽,还有马奇门特小姐如同马嘶的吸鼻子声。

雅各回来时,刚好赶上还书。

现在书都被放回原处。围绕穹顶星星点点地分布着几个字母。环绕着穹顶的一圈名字里,柏拉图、亚里士多德、索福克勒斯和莎士比亚的姓名紧挨在一处;同样排列的还有罗马、希腊、中国、印度、波斯等国的文学精粹。诗词歌赋一页页相叠,锃亮的字母一个个相依,成为一本意义深厚的著作,一处璀璨群星的汇聚。

"我有点儿想喝茶了。"马奇门特小姐边拿回她那把破伞边说。

马奇门特小姐想着喝茶,但还是忍不住最后看上一眼埃尔金大理石雕像。她从侧面注视着这些雕像,又是挥手致意,又是轻声告别,搞得雅各和另一个人转过身来。她冲他们亲切地笑了笑。这些统统归入了她的理念——颜色即声音,而这大概还与音乐有关。她祷告完毕后,便一瘸一拐地去喝茶了。该下班了。人们都聚集在大厅内取伞。

大多数学生都在耐心地等待。在有人检查白圆盘的时候,站着等一等倒也让人安心。雨伞肯定会被找到。但这件事引领着你展开一整天的工作,通过麦考利、霍布斯、吉本的著作;通过一本本八开本、四开本、对开本的书籍;通过厚光纸书页和摩洛哥皮封面,愈加深刻地渗入这思想的凝聚中,这知识的宝库里。

雅各的手杖跟其他人的别无二致,它们可能弄乱了文件架子。

大英博物馆里有一种渊博的思想。设想一下,柏拉图在那儿与亚里士多德脸贴脸;莎士比亚与马洛肩并肩的场景。这种伟大的思想被贮藏起来,非任何个体的头脑能够拥有。尽管如此(因为他们要花很长时间才能找到自己的手杖),人们不禁思量:一个人带个笔记本来,坐在桌前,怎么就能把它读通。学识渊博的人最受人敬重——像三一学院的赫克斯塔布尔那样,据说他写信统统用希腊语,而且他的名气本可以和本特利①比肩的。然后还有科学、绘画、建筑———种渊博的思想。

他们把手杖推到柜台另一侧。雅各站在大英博物馆的门廊下。外面下着雨。拉塞尔大街闪着油润的光泽——这儿发黄,这儿,药店外面,则是红中带点淡蓝。人们靠着

---

① 理查德·本特利(Richard Bentley,1662—1742),英国古典学术史上的重要学者、校勘家和神学家,曾任剑桥大学三一学院院长。

墙急匆匆地赶路，马车咔嗒咔嗒地在街上飞奔。不过这么点儿雨并无大碍。雅各走了很远，仿佛他原本是在乡下；那晚夜深时，他仍坐在桌前抽烟、读书。

大雨如注。在离他不过四分之一英里远的地方，大英博物馆宛如一座坚实庞大的山丘，在雨中显得朦胧而光滑。那广博的思想被裹在石头里，它深处的每一个隔间都安然无恙，干燥得很。巡夜人提着汽灯照了照柏拉图和莎士比亚的背，确保二月二十二日这天没有火灾、老鼠或盗贼来破坏这些瑰宝——这些可怜又十分可敬的人，一家老小生活在肯特镇，二十年如一日尽心尽力地守护着柏拉图和莎士比亚，死后就葬在海格特墓地。

岩石将大英博物馆裹得严严实实，如同骨骼冰冷地覆盖在大脑的轮廓上。只不过，这里的大脑指的是柏拉图和莎士比亚的大脑；这般的头脑造出了瓦罐和雕像、雄壮的公牛和玲珑的珠宝，它在死亡之河上无休无止地来来回回，寻找着上岸的地方，一会儿将肢体裹好以让其长眠，一会儿在其眼睛上放一枚硬币，一会儿小心翼翼地将其双脚转向东方。与此同时，柏拉图继续着他的对白；尽管大雨滂沱；

尽管出租车鸣笛阵阵；尽管奥门德大街后面的马店里的女人喝得醉醺醺地回家，彻夜叫喊着，"让我进去！让我进去！"

雅各的房间下面的街道上人声鼎沸。

而他阅卷不怠。毕竟柏拉图正在自顾自地往下说。哈姆雷特吟诵着他的独白。埃尔金大理石整夜一动不动地待在原地；老琼斯的汽灯有时照到尤利西斯，有时则照到一个马头；有时金光一闪，有时照亮了一个木乃伊凹陷下去的枯黄面庞。柏拉图和莎士比亚还在继续；雅各正读到《费德罗篇》时，听见人们围在路灯旁喧嚷，那个女人边砸门边喊，"让我进去！"无力得仿佛一块从火中滚落的煤，或一只从天花板上掉下来，摔得七荤八素、转不过身的苍蝇。

《费德罗篇》很是晦涩。因此，当读者总算能够跟上作者的节奏，一往无前地读下去，暂时成为（看上去如此）这股滚滚向前、从容不迫的力量的一部分时，是没有心思留意炉火的。自柏拉图在雅典卫城里漫步，这力量就驱赶着面前的黑暗。

对话接近尾声。柏拉图的辩论结束了。柏拉图的观点埋藏在雅各的脑海里,然后过了五分钟的光景,雅各的思绪独自继续向前,走进黑暗之中。之后,他起身拉开窗帘,将对面已经睡下的斯普林盖茨一家、下雨的情形、街头邮筒旁那些犹太人和那个外国女人的争吵,竟看得一清二楚。

每次门打开,有新客人进来时,已经在屋里的人便稍稍挪动位置;站着的人扭过头来瞧一眼;坐着的人的对话戛然而止;伴随着灯红酒绿、乐声散漫,每次门打开时都会发生些激动人心的事情。刚刚谁进来了?

"是吉布森。"

"那个画画的?"

"你先接着说。"

他们正在谈论的事情太过隐秘,不便直叙。嘈杂的人声震得威瑟太太的脑海里叮叮当当响个不停,惊起了一群群小鸟,等它们静下来,她就感到害怕,一只手摸摸头发,双手抱着膝盖,紧张地抬眼望向奥利弗·斯克尔顿,说:

"答应我,答应我,你不会告诉任何人的。"……他是如此体贴,如此温柔。她在议论她丈夫的为人。"他冷冰冰的。"她说。

第九章

走到他们跟前的是婀娜多姿的玛格德琳,她有着棕色的皮肤、春风似的面颊、丰硕的体态,穿着凉鞋的双脚微微擦着草地。她发丝轻扬,发夹几乎别不住她头上那些飞舞的丝绸。作为一个演员,她脚下自然总有一线光亮。她只是说了一句"我亲爱的",声音便在阿尔卑斯山的山口间回荡不绝。接着她跌倒在地,因为无话可说,便高歌着"啊""噢"。诗人曼津向她走来,抽着烟斗,低头打量着她。舞会开始了。

头发花白的凯默太太问迪克·格雷夫斯,曼津是谁,然后说这种事她在巴黎见得多了(玛格德琳坐上了曼津的膝头,现在他的烟斗叼在她的嘴里),就不足为奇了。"那是谁?"当他们向雅各走去时,她扶住眼镜问道,因为雅各看上去十分文静,但不冷漠,倒像是一个在海滩上观景的人。

"噢,亲爱的,让我靠着你。"海伦·阿斯丘单脚跳着,气喘吁吁地说,因为她脚踝上缠着的银链松了。凯默太太转过身来,去看墙上的画。

"瞧瞧雅各。"海伦说(他们正绑上他的眼睛做游戏)。

正直单纯的迪克·格雷夫斯略带醉意地跟她说,他觉得雅各是他认识的最伟大的人。于是他们盘起腿坐在垫子上,讨论起雅各来,海伦的声音微微发颤,因为他俩在她眼里都是英雄般的人物,而他们之间的友谊要比女人之间的友谊美好得多。安东尼·波莱特邀她跳舞,她一边跳一边回头望着他们,他们正站在桌旁,举杯共饮。

这精彩纷呈的大千世界——这生机勃勃、神清气爽、激情洋溢的世界……这些字眼是在描述一月凌晨两三点时,哈默斯密斯和霍尔本之间的那段木质人行道。那就是雅各的所在。这块地方之所以繁荣兴旺、精彩纷呈,是因为河道边一家马店上面的房间里住了五十个兴致勃勃、健谈友好的房客。迈步走过人行道(那时看不到什么出租车或警察)本身就是一件挺令人愉悦的事。皮卡迪利大街那环形路好像镶嵌了钻石,在四下无人的时候才尽显本色。年轻人是无所畏惧的。相反地,即使他可能语不惊人,他也很有把握自己能够站稳立场。他很高兴遇上了曼津;他仰慕着地上那个年轻的女人;他喜欢他们;他喜欢那些个事情。简而言之,鼓号齐鸣。这个时段,附近只有清洁工。至于雅各对他们有多少好感;用钥匙打开自家的门进屋让他有多高兴;他把十来个他出门的时候还不认识的人带回家;以及他四处找书读,找到后书还没翻开就睡了的事情,就不必多言了。

实际上,鼓号吹奏的并非某篇乐章中的一节。诚然,皮卡迪利大街和霍尔本街上,以及那间空的客厅和坐了五十个人的客厅多半随时都会奏响音乐。女人也许比男人更容易兴奋。很少有人谈论起这事,而看到人群涌过滑铁卢桥去赶开往瑟比顿的直达火车时,你可能会以为是理性驱赶着他们。非也,非也。其实是鼓号声。只不过,当你拐进滑铁卢桥上的一个小格间,把这事思量一番,你也许会觉得一切都像一团乱麻——全是一个谜。

人们川流不息地走过桥。有时在马车和公共汽车之间,会出现一辆绑着大树的卡车。然后,或许会开来一辆载着新刻好的墓碑的石匠的货车,碑上记录着某人对葬在普特尼的某人的深情。之后前面的汽车加速往前开,而墓碑一闪而过,你来不及读到更多碑文。在此期间,人流滚滚不息地从萨里街一侧向滨河路涌去;从滨河路朝萨里街这边涌来。仿佛穷人已经洗劫了这个镇子，现在正不慌不忙地返回他们的老巢，就像甲虫赶回自己的洞里一般，那个老婆婆光明正大地朝着滑铁卢桥一瘸一拐地走来，拎着一个明晃晃的包，仿佛她来到了阳光底下，拿了些刮干净的鸡骨头赶回她地下的窝棚。另一边，即使狂风猛吹着她们的脸，那几个女孩子仍手牵着手大步走着、放声歌唱，似乎感觉不到一丝寒冷或害羞。她们没戴帽子。她们兴高采烈。

水面上起了风浪。河水在我们身下奔腾，站在驳船上的人只好把全身的重量靠在舵柄上。一块黑油布被系住，蒙在一堆隆起的金子上。铺天盖地的煤炭闪着乌黑的光。一如既往，缆绳被甩在大型河边旅馆对面的木板上，而旅馆的窗户内已然闪烁着点点灯光。另一边的城市是白色的，仿佛历经了风霜；白色的圣保罗大教堂从它旁边那些回纹饰的、尖顶长方形的建筑物上凸显出来。只有十字架闪耀着金红色的光芒。但我们是到了哪个世纪呢？这支从萨里街一侧到滨河路去的队伍是否会永不停歇？那位老者这六百年时时都在过这座桥，身后跟着一群喧闹的小男孩，他喝醉了，或不幸瞎了眼，身上裹着朝圣者穿的那种破烂的衣衫。他步履蹒跚地走着。没有人站着不动。我们仿佛是跟着乐声行进；也许是随着风与河流；也许是伴着这些相同的鼓号声——灵魂的狂喜和骚动。欸，因他脸上的那种苦笑，那个警察非但没有指责那个醉汉，还好笑地打量着他，小男孩们又蹦蹦跳跳地回来了，萨默塞特宫里来的高级职员对他只能容忍，那个在书摊前读了半页《洛泰尔》的人怀着善意沉思着，目光离开了书本，而那个女孩在十字路口犹豫了一下，向他投来少女明亮而迷离的一瞥。

明亮而又迷离。她也许有二十二岁，衣衫单薄。她穿过马路，看着花店橱窗里的黄水仙和红郁金香。她迟疑了一会儿，便向着坦普尔门的方向匆匆走去。她走得很快，可所有事都能让她分心。她时而像是在观察，时而又像什么都不曾留意。

第十章

穿过荒芜的圣潘克拉斯教区的废弃墓园，范妮·埃尔默游荡在歪在墙上的白色墓碑之间，越过草丛去读一个名字，守墓人过来时便匆匆离开。她三步并作两步上了街，在摆着蓝色瓷器的橱窗前停留了一会儿，便立马为了弥补浪费的时间而加快脚步，接着突然进了一家面包店，买了些面包卷，添了几块蛋糕，又继续赶路，谁想跟上她，必须一溜小跑才行。不过她的衣着并不寒碜。她穿着长筒丝袜，蹬着银扣皮鞋，只是帽子上的红色羽毛耷拉下来，手袋上的搭扣也松了，于是在她赶路时，一份蒂索夫人的节目单掉了出来。她有着雄鹿一般的腿脚。她把脸藏起来了。当然，在这样的暮色中，迅疾的动作、急促的一瞥、高涨的希望都会油然而生。她正从雅各的窗下经过。

那间房子低平、昏暗而寂静。雅各在家里着手研究一个棋局，棋盘搁在他膝间的凳子上。他用一只手拨弄着后脑勺的头发。他缓缓地将这只手伸向前去,把白后从它所在的棋格中捻起来,随后又将它放回原处。他装了烟;沉思片刻;挪了挪两个卒子;把白马往前推了一步;接着一根指头压在象上思考着。此刻,范妮·埃尔默从窗下走过。

她正赶去给画家尼克·布拉姆汉当模特。

她裹了一条西班牙花披肩坐着,手里拿着一本黄皮小说。

"低一点,放松一些,这样就——好多了,这就对了。"布拉姆汉喃喃地说,他一边给她画像,一边抽烟,自然就寡言少语了。他的头仿佛出自一位雕刻家之手,前额削的方方正正,嘴部拉长,而且在黏土上留下了不少拇指的痕迹和指纹。但那双眼睛从未合上过。它们有些向外突出,布满血丝,像是太长时间目不转睛导致的,当他说话时,眼神中有片刻的波澜,但他还是目不斜视。一盏没有灯罩的电灯悬在她头上。

女人的美貌好比海上的灯光,绝不会只照着一道波浪。所有的海浪都曾被照亮,所有的海浪都重新隐匿于黑暗中。她一会儿像一块腊肉一般暗沉厚实,一会儿像一面挂在墙

第十章

上的玻璃一样澄澈。固定住的面庞便是呆板的。威尼斯太太像一尊供人敬仰的纪念像一样陈列在此,却是用雪花石膏雕刻而成,准备摆到壁炉台上,永远不会沾上灰尘。一个深色头发的白人时髦女郎的全身像只是作为一张插画,被放在客厅的桌子上。街上的女人都长着一张扑克脸;轮廓内被一丝不苟地用粉色或黄色填涂,线条绕着它们紧密地画了一圈。之后,从顶楼的窗户里探出身子往下瞧,你便会见到美丽本身;或是在一辆公共汽车的角落里;或是蹲在排水沟里——美焕发着光彩,忽而锋芒毕露,转瞬又如潮水般褪去。谁也不能依赖它,抓住它或把它用纸包起来。人们在商店里一无所获,老天作证在家中枯坐要比在玻璃橱窗前流连,期望着把里面那些闪耀的绿宝石、红宝石活着带出来要好。茶碟里的海玻璃不会比丝绸更快失去光泽。因此若你谈论起一位美人,你不过是指某种利用了比如说,范妮·埃尔默的眼、唇或面颊闪现出片刻光彩的、转瞬即逝的东西。

她那样僵直地坐着,也并不显得美;她的下唇太突出,鼻子太大,眼距太窄。她身材单薄,面颊亮丽,头发乌黑,方才面有愠色,或是因久坐而显得身体僵硬。当布拉姆汉折断炭笔时,她吓了一跳。布拉姆汉突然来了脾气。他蹲在煤气炉前暖手。此时她端详着他的画。他嘟哝了几句。范妮披上一件浴袍,烧了一壶水。

"天啊,这次画得真差。"布拉姆汉说道。

范妮干脆坐到了地上,双手抱膝瞅着他,她美丽的双眼——是的,真是美,飞过房间,在那里闪耀了片刻。范妮的目光似乎在询问,在怜悯,又在转瞬间含情脉脉。但她有点夸张了。布拉姆汉毫无觉察。水烧开时,她忙爬起来,活像一匹马驹或一只小狗,而不像一个深情的女人。

此时雅各走到窗前,双手插在口袋里站着。斯普林盖特先生从对面出来,看了看他的橱窗,又进去了。小孩子们溜达过去,殷切地盯着糖果的粉色棍子。皮克福德的货车从街上大摇大摆地驶过。一个小男孩从一根绳子上翻身下来。雅各转过身。两分钟后他打开了前门,向霍尔本走去。

范妮·埃尔默从钩子上取下斗篷。尼克·布拉姆汉拔掉钉画的钉子,把画卷起来夹在腋下。他们熄了灯,走上街,穿过人山人海、车水马龙一路向前,直到抵达莱斯特广场。

他们比雅各早到了五分钟,因为雅各离得远一些,在霍尔本又被等着看国王御驾驶过的人群挡住了,所以当雅各推开门来到他们身边时,尼克和范妮早就靠在帝国剧场走廊的栏杆上等着了。

"嗨,都没发现你在这儿。"五分钟后尼克说。

"你就瞎扯吧。"雅各说。

"这是埃尔默小姐。"尼克道。

雅各尴尬地把烟斗从嘴里取出来。

他感到十分别扭。当他们坐在一张舒适的沙发上,烟雾在他们与舞台之间袅袅升起,听着远处尖锐的歌声和适时奏响的欢快的管弦乐时,他依旧很不自在。范妮倒是在想:"多么美妙的歌喉!"她觉得他寡言少语,却一字千钧。她觉得年轻人都庄重清高,又对世事浑然不知,而一个人却可以如此安静地坐在雅各旁边看着他。带着对晚会的厌倦而来,他会变得孩子气十足,她思忖着,他会多么威严沉静,可能还有一丝傲慢;"但我是不会被震住的",她想。他站起身来靠着栏杆。烟雾萦绕在他的头顶。

年轻男子的美似乎永远都彰显在吞云吐雾里,无论他们多有活力地在绿茵场上驰骋,还是打板球、跳舞、奔跑或沿街散步。也许他们很快就会失去这种美。也许他们向往的是那些已逝的英雄豪杰,所以有些不屑于与我们为伍,她想(像正准备演奏却绷断了的琴弦那样颤抖着)。总之,他们好安静,谈吐优雅,声若金石,而不像女孩儿用的小硬币那样丁零当啷;他们雷厉风行,仿佛对于停留时长、出发时间皆胸有成竹——噢,不过佛兰德斯先生只是去取了一份节目单。

"舞蹈团最后出场。"他说着,回到了他们身边。

真是有意思,范妮接着想,小伙子们总是将一大把银币从裤兜里掏出来看一眼,而不是直接装在钱包里。

后来只剩她独自一人,身穿一条白色荷叶边的裙子在舞台上旋转飞舞,音乐就是她奔放的灵魂,整台机器、整个世界的原料与器械都被平滑地卷进那條尔飞旋、飘落的裙摆中,她如此感受着。跳完舞后,她在离雅各·佛兰德斯两英尺远的地方,倚在栏杆上僵直地站着。

她那只揉成一团的黑手套掉在了地上。当雅各把手套递给她时,她又惊又怒。她还从来没有这么莫名其妙地发过火。雅各一时心生畏惧——当年轻女子僵立着,抓紧栏杆,陷入爱河时,是如此暴躁而危险。

时值二月中旬。一层颤抖的雾霭笼罩着汉普斯特德郊外花园的屋顶。天气热得人无法走动。一只狗在洞里吠个不停。流动的影子掠过平原。

久病之后的身体无精打采、疲惫消极,向往甜蜜却又弱得无福消受。人泪如泉涌,狗吠于洞中,孩童滚着铁环,乡野忽明忽暗。一切仿佛都罩了一层面纱。欸,把面纱再画厚些,以免我被韶光美景冲昏了头。范妮·埃尔默坐在法官路的长凳上,望着汉普斯特德郊外的花园喟叹不已。狗还在狂吠不止。汽车在路上呼啸而过。她听见远处一阵嘈杂。她心潮涌动。她起身走了。绿草茵茵,烈日炎炎。孩子们在池塘边弯着身子放小船,然后在被保姆拽回去时大喊大叫。

正午时分,年轻女人们出来散步。男人们都在城里忙活。她们站在碧波微澜的池塘边。清风将孩子们的声音吹散开来。我的孩子们,范妮·埃尔默想着。女人们站在池塘周围,把那些欢跃的蓬毛大狗赶开。她们温柔地摇晃着婴儿车里的婴儿。所有保姆、母亲和闲逛的女人的双眼都有些呆滞出神。小男孩们拽着她们的裙子,请求她们往前走时,她们只是轻轻颔首,却不作答。

范妮往前走着,听见一声呼叫——或许是某个工人的哨声——响彻云霄。此时的树林间,画眉鸟迎着和风发出一阵婉转的欢鸣,然而它似乎被惊了一下,范妮想;仿佛它也按捺不住心头的喜悦——仿佛它在人的注视下变得心神不宁,只好开口啼唱。瞧!它坐立不安,又飞到了另一棵树上。她听见它的歌声变得更加微弱了。除此之外,便是车轮的噪音和飒飒风声。

她花了十便士吃午餐。

"天呐,那位小姐把伞忘了。"那个面色黑一块白一块的女人坐在乳品专卖公司商店门口的玻璃亭里咕哝着。

"也许我能追上她。"扎着浅色发辫的女侍米莉·爱德华兹答道,接着便冲出了店门。

"白跑一趟。"她说,她不一会儿就回来了,还拿着范妮那把便宜的雨伞。她摸了摸辫子。

"噢,该死的门!"出纳员抱怨道。

她戴着黑色连指手套,收起纸币的指头臃肿如香肠。

"一份馅饼和蔬菜。大杯咖啡和煎饼。吐司加鸡蛋。两块水果蛋糕。"

女招待们此起彼伏的高喊声静了下来。等待午餐的顾客听完后确认了他们点的菜,眼巴巴地看着邻桌的菜端了上来。他们的吐司鸡蛋终于上来了。他们不再东张西望。

一块块潮润的油酥馅饼掉进了张得像三角口袋似的嘴里。

打字员内莉·詹金森漫不经心地切碎了她的蛋糕。每次门一开,她都抬头看一眼。她在等什么?

煤商目不转睛地读着《电讯周刊》,手错过了茶盘,心不在焉地把茶杯放在了桌布上。

"你听说过那种离谱的事吗?"帕森斯太太结束了谈话,掸掉她裘皮大衣上的糕饼屑。

"热牛奶和煎饼一份。一壶茶。面包卷加黄油。"女服务员们喊道。

门开门关。

这就是上了年纪的人的日子。

躺在船上观浪，真是其乐无穷。三层浪一层接一层整齐地涌来，大小差不多。旋即，第四层接踵而至，大得让人心惊；它把船抬高；又向前涌去；然后一无所获地消失在水面上；像其余的浪一样平静下来。

什么能比狂风中树枝的摆荡更加猛烈？整棵树从树干到树梢都完全屈服，顺着风势飘摇、颤动，但绝不狂飞乱舞。谷子扭转、压低身子，仿佛要让自己与根部脱离开来，但最终还是被束缚住。

欸，正是从这些窗户里，即使在黄昏时分，你也能看见一个趾高气扬的家伙在街道上穿行，那是一种渴望，似在伸展双臂，望眼欲穿，张着大嘴。我们随后平息下来。因为如果这种狂热持续下去，我们就会像泡沫一般被吹向空中。星辰的光芒便会穿透我们而闪耀。我们应当让狂风变成雨滴落下来——就像有时会发生的那样。因为狂妄的灵魂不会得到摇篮般的支持。他们从来不会摇晃或毫无目的地闲躺。从来不会假装，或舒适地躺着，或天真地以为人与人之间差别不大，暖火，酒香，奢侈即罪。

"一旦你了解了他们，你就会发现大家人都挺好。"

第十章

"我无法把她想得多坏。人们必须记住——"但也许尼克,或是范妮·埃尔默,对于片刻真情深信不疑,不管是随口一说还是伤人恶语,便像一阵急剧的冰雹一样消失了。

"啊,"范妮叫了一声,冲进画室时已晚了 45 分钟,因为她一直在孤儿院的住宅区徘徊,只为找机会看到雅各沿路走来,掏出钥匙开门,"恐怕我来晚了",尼克听了一言不发,范妮便生出挑衅的情绪。

"我再也不来了!"她终于喊了出来。

"那就别来。"尼克答道,她连晚安也没说便夺门而出。

位于沙夫茨伯里大道的埃瓦里娜时装店里的那件裙子真是巧夺天工!那是四月初的一个晴天的下午四点,而范妮会是在屋里度过晴天的下午四点的人吗?那条街上的别的姑娘,有的坐着低头看账本,有的无精打采地在丝绸和薄纱间抽出一根根长线,有的系着斯旺和埃德加公司的丝带,飞快地在账单背面合计零头,把一又四分之三码的料子用棉纸一裹,问下一位顾客:"您需要什么?"

在位于沙夫茨伯里大道的埃瓦里娜时装店里,女人各个部位的服饰分开陈列着。左手边是裙子。一条羽毛围巾缠绕在中间的杆子上。帽子摆放得就像坦普尔门上犯人的脑袋——翠绿的、纯白的、稍微用花环点缀的、在染成深色的羽毛下耷拉着的。她的脚踩在地毯上——金色尖头的，或红条漆皮的。

四点钟，女人们大饱眼福之后，店里的衣服就像面包店橱窗里的糖酥饼，沾满了蝇卵。范妮也在盯着它们。一个衣衫破烂的高个男人正沿着杰拉德大街走来。一个影子落在埃瓦里娜时装店的橱窗上——雅各的影子，即使那不是雅各。范妮转过身，向杰拉德大街走去，希望自己读过书。尼克从来不看书，不谈论爱尔兰，也不谈论上议院；她想学拉丁语，想读维吉尔。她曾经博览群书。她读过司各特，读过大仲马。在斯雷德没人看书。不过没人知道范妮在斯雷德待过，也没人想过那个地方于她而言是多么空虚；对于耳环、舞蹈、汤克斯和斯蒂尔的热爱——那时只有法国人才懂绘画，雅各说。因为现代派画家无作为；绘画是艺术中名声最差的；为什么不看马洛、莎士比亚和菲尔丁，雅各说，如果要看小说的话？

"菲尔丁。"当查林十字街的那个人问她要什么书时，范妮答道。

她买了本《汤姆·琼斯》。

早上十点,在她与一位教师合住的房间里,范妮·埃尔默在读《汤姆·琼斯》——那本神秘的书。因为这种关于名字古怪的人的无聊玩意儿(范妮觉得)正符合雅各的口味。优秀的人都喜欢它。不在乎坐姿的邋遢女人们读着《汤姆·琼斯》——一本神秘的书;因为书中有些东西,范妮想,若是我受过教育便会喜欢的——比耳环和鲜花好得多,她叹了口气,想起了斯雷德的走廊和下周的化装舞会。她没有什么可穿的。

他们挺实在的,范妮·埃尔默心想,把脚搭在壁炉台上。有些人如此。尼克可能也是,只不过他太蠢了。而女人从不真诚待人——除了萨金特小姐,不过她在午餐时会突然摆起架子来。他们安静地坐在那里埋头夜读,她想。不去音乐厅;不瞧一眼商店橱窗;不跟别人换衣服穿,就像罗伯逊戴过她的围巾,而她也穿过他的背心那样。要让雅各做这些事还真是为难他,毕竟他喜欢《汤姆·琼斯》。

书躺在她的膝头,双栏排印,定价三先令六便士;在这本神秘的书中，亨利·菲尔丁曾在许多年前斥责范妮·埃尔默以血肉为食，写得真是妙笔生花，雅各说。因为他从未读过现代小说。他喜欢《汤姆·琼斯》。

"我的确喜欢《汤姆·琼斯》。"范妮说，时间是四月初那一天的五点半，当时雅各坐在她对面的扶手椅上，掏出了烟斗。

欸，女人总是信口雌黄！但克拉拉·达兰特不是。无瑕的思想；率真的天性；一个被拴在石头（朗兹广场上的某处）上的处女，永远在为穿着白色马甲的老头们倒茶，睁着一双蓝眼睛，直直地看着你的脸，演奏着巴赫。她是雅各最欣赏的女人。但与身穿天鹅绒的贵妇人同坐在放着黄油面包的桌前，在老佩里小姐倒茶时，他对克拉拉·达兰特说的话比本森对鹦鹉说的还少，这是对人性的自由及公正——或类似的说法——的一种无法容忍的践踏。雅各一言不发。他仅是盯着火看。范妮放下了《汤姆·琼斯》。

她正缝着什么。

"那是什么？"雅各问。

"为斯雷德的舞会准备的。"

她拿来她的头饰,长裤和饰有红流苏的鞋。该穿什么呢?

"我要去巴黎了。"雅各说。

那化装舞会还有什么意义?范妮想。你见的是老面孔;你穿的是同一身;曼津喝醉了,弗洛琳达坐在他的膝盖上。她肆无忌惮地调情——刚刚是跟尼克·布拉姆汉。

"去巴黎?"范妮说。

"去希腊时顺路看看。"他答道。

因为,他说,再也没有什么比五月的伦敦更让人厌恶的了。

他会把她忘了。

一只麻雀衔着稻草从窗前飞过——一根从农场谷仓旁的草垛上衔来的稻草。那只棕色的老长毛垂耳狗在墙角嗅着鼻子找老鼠。榆树顶的枝头已经被鸟巢遮实了。饱满的板栗撩拨得嘴馋的人垂涎三尺。蝴蝶正花枝招展地飞过林中马道。也许正如莫里斯所说,那只紫色帝王蝶正在橡树下的一堆腐肉上大快朵颐。

范妮觉得这一切都源自《汤姆·琼斯》。他会揣上一本书独自去看那些獾。他会乘坐八点半的火车然后走上一整夜。他会看到萤火虫,然后把它们装在药盒子里带回来。他会带着狩鹿犬去打猎。《汤姆·琼斯》就是这么写的;他会揣着一本书去希腊,然后忘了她。

她拿起小镜子。她的脸映于镜上。假如有人用头巾裹住雅各?他的脸浮现其中。她点上灯,但阳光透过窗户射进来时,只有半块镜子被灯照亮。即便他看起来骇人而崇高,而且会离开福雷斯特,他说,来到斯雷德,成为一个土耳其骑士或一个罗马皇帝(他让她涂黑他的双唇,然后咬紧牙关,怒目而视),依然——《汤姆·琼斯》就放在那里。

第十一章

"阿彻,"佛兰德斯太太说,语气中流露出母亲对长子常有的那种温柔,"明天就到直布罗陀了。"

她正等着的那趟邮件(她信步走上道兹山时,零乱的教堂钟声正在她上方回荡着赞美诗的曲调,时钟透过回旋的余音清晰地敲了四下;建筑的玻璃在暴风云下呈现紫色;二十几座村舍畏缩在一片阴影下,寒碜无比),那趟邮件,带着它各式各样的信件,信封上的字迹有的粗大醒目,有的歪歪扭扭,有的贴着英国邮票,有的贴着殖民地邮票,有的则是匆匆印上一道黄杠,邮件即将把无数的讯息散播到世界各地。我们是否通过这种用长篇大论交流的习惯收获了什么,则不是我们能够得知的。不过现如今写信已经成了一种虚有其表的做法,尤其是那些游历海外的年轻人,似乎多半会这么做。

比如说现在这一幕。

出国旅行的雅各·佛兰德斯在巴黎稍事停留。(他母亲的堂姐,老伯克贝克小姐,于去年六月去世,并给他留下了一百英镑。)

"你用不着把这件该死的事重复那么多遍,克拉坦顿。"马林森说,这位矮个子的秃顶画家正坐在一张大理石桌旁,桌面上溅满了咖啡点子,还有一圈圈葡萄酒杯的红印。他语速很快,无疑已有三分醉意了。

"哎,佛兰德斯,给你家里的信写好了?"当雅各拿着一封寄给英格兰的斯卡伯勒近郊的佛兰德斯太太的信进来,在他们旁边坐下时,克拉坦顿说。

"你喜欢贝拉斯克斯[①]吗?"克拉坦顿问。

"上帝作证,他准喜欢。"马林森说。

"他总是这个样子。"克拉坦顿愤愤地说。

雅各不动声色地看着马林森。

"我要告诉你们文学史上最伟大的三句名言,"克拉坦顿突然冒出这么一句,"'我的灵魂如同果实一般悬在

---

① 贝拉斯克斯(Diego Velázquez,1599—1660),西班牙画家。

枝头。①'"他这便开始了……

"别听一个不喜欢贝拉斯克斯的人在那瞎扯。"马林森说。

"阿道夫,别再给马林森先生添酒了。"克拉坦顿说。

"将心比心,将心比心,"雅各公正地说道,"人想醉时就让他醉。这是莎士比亚的话,克拉坦顿。这一点我与你所见略同。莎士比亚的胸中点墨比所有那些遭天谴的法国佬加起来还要多。'我的灵魂如同果实一般悬在枝头。'"他开始用一种悦耳华丽的嗓音摘引诗句,同时挥舞着他的酒杯。"让魔鬼把你罚入地狱,你这个脸色发白的蠢人!②"他慷慨陈词,手中红酒溅出杯沿。

"'我的灵魂如同果实一般悬在枝头。'"克拉坦顿和雅各又异口同声道,然后双双放声大笑。

"这些该死的苍蝇,"马林森边说边拍着他的秃脑门,"它们把我当成什么了?"

"某种香甜美味的东西。"克拉坦顿说。

---

① 语出莎士比亚《辛白林》(Cymbeline)第5幕第5场。
② 语出莎士比亚《麦克白》(Macbeth)第5幕第3场。

"闭嘴,克拉坦顿,"雅各说,"这家伙没有礼貌。"他十分客气地对马林森解释道,"他只是不想再让别人喝了。看这儿。我想来点扒骨。扒骨的法语怎么说?扒骨,阿道夫。你个傻瓜,没听明白吗?"

"我要告诉你,佛兰德斯,整个文学史上第二优美的句子。"克拉坦顿说,把脚放到地上,身子探过桌子,脸几乎贴上了雅各的脸。

"'嘿!滴答,滴答,猫和小提琴,'"马林森敲着桌子插了一句,"文学史上最精美绝伦的句子……克拉坦顿是个大好人,"他疑神疑鬼地说,"就是有点蠢。"他猛地把头向前一伸。

所有这些雅各一个字儿都没告诉佛兰德斯太太;当他们付完账离开餐厅,沿着拉斯佩尔大街闲逛时发生的事情,他也未曾提起。

然后就是另一段对话;早上十一点左右;在一间画室内;日期是星期天。

"我跟你说,佛兰德斯,"克拉坦顿说道,"比起夏尔丹的作品,我更想要一幅马林森的小画像。我之所以那

第十一章

么说……"他挤着一只瘪瘪的颜料管的底部……"夏尔丹是个名家……现在却要靠卖画混饭吃。且等着那些画商对他趋之若鹜吧。一位名家——噢,一位伟大的名家。"

"在这儿乱涂乱画,生活倒也惬意,"雅各说,"不过,这仍是种无聊的艺术,克拉坦顿。"他漫步到房间对面。"现在有了这么个人,皮埃尔·路易。"他拿起一本书。

"我亲爱的阁下,你现在能消停会儿了吗?"克拉坦顿说。

"这幅画倒是不错。"雅各说着,把一幅油画立在椅子上。

"噢,那是我很久之前画的。"克拉坦顿说,回过头望了一眼。

"在我看来,你是个很有能耐的画家。"雅各过了一会儿说道。

"你要是愿意看看我最近在忙什么,"克拉坦顿说着,把一幅油画摆在雅各面前,"看,就是它。这幅画得更好。它……"他的大拇指绕着漆成白色的灯泡转了一圈。

"的确是件不错的作品,"雅各说着,跨坐在它的前面,

"但我还是想让你解释一下……"

面色苍白、长着雀斑、病恹恹的吉妮·卡斯拉克走了进来。

"噢,吉妮,这是我的朋友。佛兰德斯。英国人。家境富裕。社交广泛。继续说,佛兰德斯……"

雅各一语不发。

"是那样——那样不对。"吉妮·卡斯拉克说。

"没错,"克拉坦顿斩钉截铁地说,"这绝对不行。"

他把油画从椅子上拿下来立在地上,画的背面朝着他们。

"请坐,女士们,先生们。卡斯拉克小姐与你来自同一个地方,佛兰德斯。都来自德文郡。噢,我以为你说的是德文郡。好吧。她也是教会的信女。家中的害群之马。她母亲在信里就是这么说她的。我说——你手头有一封吗?它们一般周日寄来。有种教堂钟声的效果,你懂的。"

"你见过所有的画家了吗?"吉妮问,"马林森喝醉了?如果你去他的画室,他就会给你一幅画。我说,泰迪①……"

---

① 克拉坦顿的昵称。

第十一章

"等一下,"克拉坦顿说,"现在是什么季节?"他向窗外眺望。

"我们星期天休息,佛兰德斯。"

"他会……"吉妮看着雅各说,"你……"

"对,他和我们一起去。"克拉坦顿答。

随后,就到了凡尔赛。吉妮站在一块石头边上,身子探到池塘上方,克拉坦顿用双臂紧抱着她,不然她就会掉进水里。"看那儿!看!"她叫道,"直直浮到水面!"一群行动迟缓、弓着身子的鱼从深处浮了上来,吃她撒的面包屑。"你瞧。"她说着,从石头上蹦了下来。白晃晃的水花喷向空中,来势汹汹,后逐渐减速。喷泉挥洒着自己。透过它传来了远方的军乐声。整片水域都被水滴溅起了波纹。一只蓝色气球轻轻地碰撞着水面。一下子所有保姆、小孩、老人和青年都涌到池塘边,俯下身去挥着棍子。那个小女孩伸着胳膊跑向她的气球,但它终是沉到喷泉深处去了。

爱德华·克拉坦顿,吉妮·卡斯拉克和雅各·佛兰德斯并排走在黄色砾石小径上;踏上草坪;穿过树林;来到了一处凉亭,玛丽·安托瓦内特常在这里喝巧克力。爱德华和吉妮走了进去,而雅各在外等候,坐在他的手杖把儿上。他俩又出来了。

"那么?"克拉坦顿冲雅各笑着说。

吉妮等着;爱德华等着;两个人都看着雅各。

"那么?"雅各笑着答,双手紧抓着自己的手杖。

"跟我来。"他拿定主意,便起身走了。另外两人跟在他身后,笑容可掬。

之后他们来到了背街的一间小咖啡馆,人们坐在这里喝咖啡,盯着那些士兵,若有所思地将烟灰弹进缸里。

"他倒是很不同,"吉妮说,十指交叉拢在她的酒杯上方,"我觉得泰德[①]那样说的时候,你根本就没明白他的意思,"她说道,双眼直视着雅各,"但我明白。有时我忙得累死累活。有时他整日躺在床上——只是躺在那里……我不打算让你立马就能明白。"她挥了挥双手。胖乎乎的彩色鸽子摇摇摆摆地走在他们脚边。

---

① 克拉坦顿的昵称。

"瞧那个女人的帽子,"克拉坦顿说,"对此人们会怎么看?……不,佛兰德斯,我不认为我可以活得像你一样。当一个人沿着大英博物馆对面那条街走下去时——叫什么来着?——反正我就这个意思。总之就是这样。那群胖女人——以及那个站在路中间,仿佛要抽风的男人……"

"人人都喂它们,"吉妮说着,把鸽子赶跑了,"它们都是些傻乎乎的老东西。"

"是嘛,我不清楚,"雅各抽着烟说道,"那儿是圣保罗大教堂。"

"我是说去办公室。"克拉坦顿说。

"别说了。"雅各抱怨道。

"但你说话不算数,"吉妮看着克拉坦顿说,"你疯了。我是说,你一心想着画画。"

"对,我承认。我也没办法。我说,对于贵族们,乔治国王会让步吗?"

"他只有这一条路了。"雅各说。

"看吧!"吉妮说,"他是行家。"

"你瞧,我要是能做就会去做,"克拉坦顿说,"可惜我不能。"

"我觉得我能,"吉妮说,"不过,做这事的都是人们讨厌的人。我是指在我那块儿。他们不谈别的。甚至我母亲那样的人也对此津津乐道。"

"如果现在我搬过来住——"雅各说,"我该分担多少,克拉坦顿?噢,很不错。你看着办吧。这些蠢鸟,人一想让它们来——它们就飞走了。"

最后,在伤残军人车站的弧光灯下,吉妮和克拉坦顿以一种轻微而明确的古怪动作向对方靠拢,这种动作或会伤人,或被轻易忽略,但总会使人极不舒坦。雅各站到一边。他们必须分别了。该说些什么。什么也没说。一个男人推着手推车从雅各身边走过,近得几乎擦到他的腿。等雅各再站稳时,那两人已转身离去,然而吉妮回头望了一眼,克拉坦顿挥了挥手,便像他昔日伟大的才智那样消失了。

不——佛兰德斯太太对这些事一无所知,尽管雅各觉得,完全可以说世界上没有比这更重要的事;至于克拉坦顿和吉妮,他则认为他们是他见过的最出众的人——当然并无法预见克拉坦顿画果园的那段时间里发生了什么,因而不得不住在肯特郡;人们会以为,他此时肯定已看透了苹果花,因为他的妻子跟一个小说家私奔了,而他是为了她才留在这儿画画的;并非如此,克拉坦顿仍独自疯狂地画着果园。后来,吉妮·卡斯拉克结束了与美国画家勒法努的纠葛后,便与印度哲人们过从甚密,而现在你会发现她在意大利的公寓里,把玩着一个装有路边捡来的普通石子的小珠宝盒。但你若是目不转睛地看着它们,她说,万物归一,这大概就是生命的奥秘,不过这并不妨碍她盯着正分给全桌人的通心粉瞧,而有时在春天的夜里,她净向腼腆的英国小伙子们说些莫名其妙的心事。

雅各对于母亲向来毫无隐瞒。只不过光靠他自己,是无法理解他那种非同寻常的兴奋感的,至于说要把它写下来……

"雅各真是信如其人。"贾维斯太太说着,叠起了信纸。

"他看起来的确过得……"佛兰德斯太太话说了一半,顿住了,因为她正在裁一条裙子,得把纸样调整好,"十分舒坦。"

贾维斯太太想起了巴黎。窗户在她背后敞开,夜色宜人，万籁俱静；此时月色朦胧，苹果树岿然不动地伫立着。

"我从来不怜悯死人。"贾维斯太太说着，挪了挪背后的靠垫，将双手叠在脑后。贝蒂·佛兰德斯没有听见，因为她的剪刀正在桌上咔嚓作响。

"他们安息了，"贾维斯太太说，"而我们干着蠢事浑噩度日，还不知其所以然。"

贾维斯太太在乡下不太受欢迎。

"你从不在晚上这个时候出去走走吗？"她问佛兰德斯太太。

"今夜确实非常平静。"佛兰德斯太太说。

她在晚饭后打开果园门走到道兹山上去，还是多年以前的事了。

"气候很干燥。"她们关上果园门，步入草坪时，贾维斯太太说。

"我不能走远，"贝蒂·佛兰德斯说，"是啊，雅各周三离开巴黎。"

"在他们三人中，雅各永远是我的朋友。"贾维斯太太说。

第十一章

"现在,亲爱的,我不想再往前走了。"佛兰德斯太太说。她们已经爬上黑黝黝的山岗,来到了罗马营地。

矮墙伫立在她们脚边——平整地环绕这片营地或那座坟墓一圈。贝蒂·佛兰德斯在那里丢过太多针了,还有她的石榴石胸针也落在了那儿。

"有时夜色比今晚明朗许多。"贾维斯太太站在山脊上说。万里无云,只有一层雾气氤氲在海面与荒原之上。斯卡伯勒灯火闪烁,仿佛一个戴着钻石项链的女子扭着脖颈。

"何等幽静!"贾维斯太太叹道。

佛兰德斯太太用脚趾蹭着草皮,想着她的石榴石胸针。

今夜,贾维斯太太觉得很难顾虑到自身。一切是那么平静。没有风;没有什么在跑、在飞、在逃。暗影静立在银色的荒原上。金雀花丛纹丝不动。贾维斯太太也没想起上帝。当然,她俩身后就有座教堂。教堂的钟敲了十下。钟声是传到了金雀花丛,还是山楂树听到了鸣响?

佛兰德斯太太正弯下腰去捡一块卵石。有时人们的确能找到东西,贾维斯太太想,但在这片朦胧的月光下,除了骨头和粉笔头就不可能再看清什么了。

"雅各用自己的钱买下它,然后我带帕克先生上山看风景,它准是掉——"佛兰德斯太太喃喃道。

刚才动弹的是骨头,还是锈蚀的剑?佛兰德斯太太那枚不值钱的胸针是否永远变成了这丰富积淀的一部分?假如所有鬼魂都密密麻麻地聚集在这个圈里,与佛兰德斯太太摩肩接踵,她在那里不就像极了一个精力充沛、愈加坚定的英国妇女么?

过了一刻钟,钟响了。

脆弱的声浪在挺立的金雀花丛和山楂树枝间破碎了,一如教堂的钟把时间以一刻为单位划分。

静如止水、广袤开阔的荒原收到了"现在是十点十五分"的宣告,但若不是一枝荆棘动了一下,根本就没有回应。

即使在这样的光线下,仍可辨认墓碑上的铭文,有声音在简洁地说着,"我是伯莎·拉克""我是汤姆·盖奇"。然后他们介绍他们死于哪天,而《新约》为他们说了几句话,声音相当得意,相当有力,又或者,令人宽慰。

荒原也接纳了这一切。

第十一章

月光犹如一张白纸,落在教堂的墙壁上,照亮了跪在壁龛中的那家人,和于1780年为本教区那位救济穷人、虔敬上帝的乡绅竖立的石碑——于是这整齐的声音沿着大理石名册往下念着,仿佛可以因此在时间和空间里留下自己的印迹。

此时,一只狐狸从金雀花丛后蹑手蹑脚地溜了出来。

即使在晚上,教堂似乎也总是人满为患。教堂里的长椅破旧油腻,教士服摆在原位,赞美诗集搁在架子上。这是一艘船员都已归位的轮船。船骨竭尽全力承载着死去及活着的人们,有农夫、木匠、猎狐人和带着泥土与白兰地气味的农场主。他们异口同声、字正腔圆地念着将时间与广袤的荒原永恒地分离开的词句。悲叹、信仰与挽歌,绝望与喜悦,但主要还是理智与冷漠,在这五百年间随时都会破窗而出。

正如贾维斯太太走到荒原上时所言,"何等幽静!"正午时分,万籁俱寂,除了四散在荒原上的猎人;午后依旧悄无声息,除了漫游在荒原上的羊群;入夜后,荒原才真正静了下来。

一枚石榴石胸针掉进了草丛里。一只狐狸鬼鬼祟祟地溜过。一片树叶的边卷了起来。迷蒙的月光下,五十岁的贾维斯太太在营地里休息。

"……而且,"佛兰德斯太太挺直腰杆说,"我向来不喜欢帕克先生。"

"我也不喜欢他。"贾维斯太太说。两人开始往回走。

然而她们的声音在营地上空飘荡了一会儿。月光不伤一物。荒原尽数接纳。只要汤姆·盖奇的墓碑还在,他就高呼不止。罗马人的尸骨得以保全。贝蒂·佛兰德斯的织针和石榴石胸针也完好无损。有时在正午的灿烂阳光下,荒原就像一个保姆一样收集着这些细小的珍宝。但是在午夜,无人言语也无人奔走,而山楂树纹丝不动地伫立时,用"怎样?""为何?"这种问题叨扰这片荒原,就显得愚蠢至极。

然而,教堂的钟敲了十二下。

第十二章

从悬崖岩架上落下来的水仿若铅砣——如同一条粗重的白环串成的链子。在意大利,火车驶进一片陡峭的绿色草原,雅各看见条纹郁金香茁长,听见鸟儿一直啼鸣。

一辆满载意大利军官的汽车沿着平坦的马路疾驰,紧随火车,扬起一路尘土。树上藤蔓盘绕——正如维吉尔所言。车站里,一场声势浩大的告别仪式正在上演,其中有蹬着黄色高筒靴的女人,和脚穿环纹短袜的苍白古怪的男孩们。维吉尔的蜜蜂在伦巴底第平原上飞来飞去。把葡萄种在榆树中间是老一代的习俗。而在米兰,翅膀锋利的亮棕色老鹰掠过屋顶,身影如梭。

午后烈日的暴晒下,这些意大利的车厢热得要命,没等车驶到峡谷顶端,当啷作响的链条就有可能绷断。火车向上,向上,向上,就像一节矿坑缆车一样。每座山峰都覆盖着形状尖锐的树木,神奇的白色村庄聚集在岩架上。

山巅总是矗立着一座白塔,平坦的屋檐镶了红边,一层薄纱垂落下来。在这片村野里,没有人会在茶余饭后散步。首先是没有草坪。整个山坡都将被橄榄树主宰。不过早春四月,树木之间的土壤就已经干裂成了土块。这里既没有台阶,也没有步道,既没有叶影斑驳的小路,也没有能在其内享用火腿鸡蛋的 18 世纪带弓形窗的客栈。噢不,意大利到处都穷凶极恶、光秃荒芜,一切暴露无遗,身着黑袍的神父蹒跚地走在路上。同样奇怪的是,你永远也离不开乡下别墅。

然而,带着一百英镑独自旅行倒是件幸事。如果雅各把钱花光了,毕竟这很有可能,他就步行。他可以靠面包和红酒过活——装在带吸管的瓶子里的酒——因为游览过希腊后,他要去罗马随意走走。罗马文明无疑相当低劣。但博纳米仍然满口胡言。"你本应去雅典看看。"他回来时会这么跟博纳米说。"站在帕特农神庙上。"他会说,或者"古罗马圆形剧场的废墟会让人陷入相当深刻的沉思",而他会把他的思绪详尽地写在信里。这指不定会成为一篇关于文明的论文。关于古人和现代人之间的对比,及对阿斯奎斯先生做

第十二章

了一番相当犀利的抨击——文字充满吉本的风格。

一名肥胖的绅士费力地挤了进来,他灰头土脸、大腹便便,身上挂着金链子,而雅各看向窗外,遗憾自己不是拉丁人种。

想来还真是奇怪,经过两天两夜的旅行,你就到了意大利的中心。橄榄林中偶然出现几幢别墅,男仆们正给仙人掌浇水。黑色的维多利亚轿车驶进宏伟的柱子之间,柱上涂了灰泥层。这种转瞬即逝的景象展现在外国人眼前,则变得惊人的亲切。有一处孤零零的山顶从未被人涉足,当我最近坐在一辆行驶在皮卡迪利大街的公共汽车上时,却看到了它。而我想要做的,就是走到田野里去,坐下来倾听蚱蜢的鸣叫,然后捧起一抔土——意大利的土,就像我鞋子上沾满的是意大利的灰尘。

雅各听到人们在车站里彻夜叫喊着各种奇怪的名字。火车停下后,他听见附近蛙声一片,他小心翼翼地卷起窗帘,便望见无垠的奇异沼泽,在月光下白茫茫的一片。车厢里充斥着雪茄的烟雾,在罩着绿色灯罩的灯泡周围弥漫着。那位意大利绅士脱了鞋、敞着背心躺着,鼾声如雷⋯⋯这次希腊之行似乎让雅各疲惫不堪——一个人住旅馆、看遗迹——还不如和蒂米·达兰特一起去康沃尔……"噢——"雅各咕哝着，此时黑暗开始消散，亮光透了进来，在另一边，那个男人正越过他去拿什么东西——那个穿着衬衫假领、胡子拉碴、满面皱纹、大腹便便的意大利胖子，正打开门去洗漱。

雅各坐起来，在晨曦中，他看见一个消瘦的意大利运动员背着枪走在路上，倏然间那些关于帕特农神庙的念头都涌进了他的脑海。

"啊！"他想，"我们肯定快到了！"他把头伸出窗外，让风迎面扑来。

让人极为恼火的是，你认识的人里有很多应该都能马上一针见血地说出在希腊旅行的感受，而你所有的情感都堵在了心里。在佩特雷的一家旅馆洗漱过后，雅各顺着电车轨走了一英里左右；又顺着它们往回走了一英里左右；他遇上了几群火鸡、几队驴子；在小道上迷了路；读了几份紧身内衣和玛吉炖肉汤的广告；孩子们踩过他的脚；这地方散发着一股坏奶酪的气味；然后他惊喜地发现自己就站在所住旅馆的对面。咖啡杯中间搁着一份旧的《每日邮报》,他拿起来读了。但是晚饭之后的时间该如何打发呢?

毋庸置疑,如果我们没有惊人的想象的天赋,那我们总体的境遇就会比现在糟糕得多。十二岁左右的我们,把洋娃娃弃之一旁,砸坏了蒸汽机,对法国,不过更可能是意大利,几乎肯定是印度,产生了过多的遐想。某某的姑姑去过罗马,所有人都有一个消失在仰光的可怜叔叔。他再也不会回来了。然而首先将希腊神话传开的是那些女教师。看那颗头(她们说)——鼻子,你看,直得像一支标枪,鬈发,眉毛——无一不符合男性之美;而他四肢的线条展现出完美的发育程度——希腊人不仅注重容颜,也注重体形。而希腊人画的水果逼真得连鸟儿都要啄几口。首先你得读色诺芬;然后是欧里庇德斯。某天——那是天赐的时机——人们说的都显得有些道理;"希腊精神";希腊这个,那个,别的什么;不过荒唐的是,顺便一提,说任何希腊人都能与莎士比亚比肩。然而问题在于,我们就是在一种错觉中受的教育。

雅各无疑在以这种方式思考着什么,《每日邮报》在他手里皱成一团。他伸直了腿,显得十分无聊。

"但我们就是这样长大的。"他接着想。

一切在他眼中都变得索然无味。该想点办法了。因为情绪有些低落,他变得像一个即将被处决的人。克拉拉·达兰特在一次派对上撇下他去跟一个叫皮尔查德的美国人聊天。而他千里迢迢来到希腊,离开了她。他们穿着晚礼服,废话连篇——该死的鬼话——他伸手去取《环球旅行家》,这是一份免费提供给旅馆老板的国际杂志。

尽管现在的希腊破败不堪,它的电车系统却高度发达,因此当雅各坐在旅馆客厅里时,窗户下来来往往的电车哐当作响、一个劲儿地响铃,要把挡道的驴群赶开,而一位老妇人死活不肯挪动半步。这显示出整个社会的不完善。

侍者对于这种现象也是十分漠然。亚里士多德,一个脏兮兮的男人,对现在坐在那唯一一把扶手椅上的唯一的客人的身体抱有食肉动物般的兴趣,他大摇大摆地走进房间,放下手里的东西,稍事收拾,发现雅各仍坐在那里。

"明天一大早就叫醒我,"雅各回过头说,"我要去奥林匹亚。"

第十二章

这种忧郁的心境,向围绕着我们的阴暗水域屈服,是一种现代的新鲜产物。也许,正如克拉坦顿所说,我们没有足够的信仰。我们的祖辈无论如何还有点能够推翻的东西。那种东西我们也有,雅各想,把《每日邮报》揉成一团。他想进议会发表一些精彩的演说——但一旦你向那片黑暗的水域退让寸步,精彩的演说和议会又意义何在?事实上,对于我们内心悲喜的潮起潮落从来就没有任何解释。那种体面,和人们必须盛装出席的晚宴,和格雷律师院后面潦倒的贫民窟——某种扎实、稳固、怪诞的东西——就在它的背面,雅各猜测。不过还有开始困扰他的大英帝国,他并不完全赞成让爱尔兰自治。《每日邮报》对此有何见解?

他已长大成人,并即将为生活奔忙——就像那个在楼上清理他的脸盆、收拾散落在梳妆台上的钥匙、饰扣、铅笔、药瓶的旅馆侍女所切身体会的那样。

雅各已不再是少年,弗洛琳达心里明白这一点,因为她能凭借直觉洞察一切。

而贝蒂·佛兰德斯甚至现在都对之存疑,她读了他从米兰发出的信,"在信里讲的,"她向贾维斯太太抱怨道,

"都不是我想知道的。"但她仍然记在了心上。

范妮·埃尔默心灰意冷。因为他总是拿起手杖和帽子走到窗前,在她眼中看起来心不在焉、神色凝重。

"我要去,"他总说,"博纳米那儿蹭顿饭。"

"无论怎样,我还能去跳泰晤士河。"范妮在匆匆走过孤儿院时嚷道。

"然而《每日邮报》并不可信。"雅各一边自言自语,一边到处找别的东西读。他又叹了口气,实则忧郁到了极点,仿佛阴郁已经占领了他的身心,随时都会使他愁容满面,这对一个享受生活的男人来说很是反常,也无法解释,但充满了浪漫色彩,原来如此,博纳米在林肯律师学院的他的房间里想。

"他要恋爱了,"博纳米想,"跟某个鼻梁笔挺的希腊姑娘。"

雅各从佩特雷写的信是寄给博纳米的——无法爱上女人也从来不读庸作的博纳米。

佳作毕竟寥若晨星,因为我们不能把林林总总的史书、坐骡车去探索尼罗河源头的游记,或洋洋洒洒的小说算进去。

第十二章

我喜欢把精华浓缩在一两页里的书。我喜欢哪怕千军横扫依然岿然不动的句子。我喜欢激烈的言词——以上便是博纳米的观点,这使他受到那些只会欣赏早晨新芽初长的人的敌视,那些人猛地推开窗子,看见阳光下罂粟盛开,就情不自禁地为英国文学惊人的丰饶欢欣雀跃。那根本不是博纳米的风格。他的文学品位影响了他的友谊,使他变得沉默、有城府、挑剔,只有跟一两个与他见解相同的青年相处时才感到自在,以上便是对他的批评。

然而雅各·佛兰德斯与他的思想根本是大相径庭——天差地别,博纳米叹息着,将那几页薄薄的信纸放在桌上,又一次陷入了对雅各性格的思索。

问题就出在他这种浪漫气质上。"可还有他那愚钝,总使他陷入那些荒唐的困境,"博纳米想,"有什么事——什么事。"他叹口气,因为他喜爱雅各胜过世上任何人。

雅各走到窗前,手插在口袋里站着。他看见三个穿着苏格兰褶裙的希腊人;看见船上的桅杆;看见或闲散,或忙碌的下层人民有的闲庭信步,有的大步流星,有的成群结队、指手画脚。他消沉的原因并不在于他们没有留意到他;

而在于某种更为深刻的领悟——并不只他一人碰巧感到寂寞,所有人都是如此。

然而第二天,当火车在通往奥林匹亚的路上缓缓绕山而行时,一些希腊农妇从葡萄树林中走出;几位希腊老汉坐在火车站中,抿着甜酒。即使雅各仍郁郁寡欢,他也从未想到孤身一人是那么自在;离开英国;自力更生;将所有事情抛诸脑后。去奥林匹亚的路上坐落着一些秃岭巉岩;它们之间的三角形空隙里露出蓝色海洋的一角。有点儿像康沃尔的海岸。而现在,整日踽踽独行,走上那条道,顺着它往上走,两边都是灌木丛——或者是小树林?登上山顶,在那儿可以将这个古老国度的半壁江山尽收眼底——

"对了,"雅各说出声,因为车厢里空无一人,"看看地图吧。"责备也好,赞美也罢,但不能否认我们心中那匹野马的存在。想要纵横驰骋,筋疲力尽地倒在沙地上,感到天旋地转;有一种——没错——亲近岩石草木的冲动,仿佛人类已不复存在,至于男男女女,让他们见鬼去吧——这种欲望常常侵扰着我们,此乃无法改变的事实。

习习晚风掀动了这家位于奥林匹亚的旅馆的肮脏的

第十二章

窗帘。

"我的心充满了对所有人的爱,"温特沃思·威廉斯太太想,"尤其是对穷人——对傍晚劳作归来的农民们。一切都很温柔、朦胧,十分伤感。实在是令人悲哀,心生戚戚。但一切都有意义,"桑德拉·温特沃思·威廉斯想着,微微昂首,看上去格外动人、悲怆、高贵,"人必须热爱一切。"

她手里拿着一本便于旅途中阅读的小册子——契诃夫的短篇小说集——蒙着面纱、一身白衣,站在奥林匹亚的宾馆的窗前。多美的夜色啊!她的美便是夜的美。希腊的悲剧便是所有高尚灵魂的悲剧。不可避免的妥协。她似乎领会了什么。她要把它写下来。于是她走向她丈夫正坐在一旁看书的桌子,双手支起下巴,想着那些农民,想着痛苦,想着她的美丽,想着不可避免的妥协,想着要怎样把它写下来。当埃文·威廉斯把书合上,放到一边,给刚端上来摆在他们面前的汤碟腾位置时,他没有说任何蛮横、乏味,或愚蠢的话。只有他低垂着的猎犬般的眼睛及结实灰黄的双颊呈现出他阴郁的隐忍,表达着他的信念:即便被迫过着谨小慎微的生活,他也永远不可能达到他认为唯一值得追求的任何目标。他的考虑是完美无缺的,他的沉默是不可打破的。

"凡事都似乎意味深长。"桑德拉说。然而那种魔力被她说话的声音打断了。她忘记了那些农民。只剩下对她自身的美的感知,所幸,她面前就有一面镜子。

"我真美。"她想。

她微微移了下帽子。她的丈夫看见她在照镜子;他承认美是不可或缺的,它是与生俱来的,无人能够对其视而不见的。但美也是一种障碍,事实上它更像是一种累赘。于是他喝下汤,继续盯着窗子。

"鹌鹑,"温特沃思·威廉斯太太懒洋洋地说道,"然后是山羊,我猜;再有就是……"

"可能是焦糖蛋羹。"她丈夫以同样的声调说道,手上拿着牙签。

她将汤勺放在盘子上,喝了一半的汤便被撤了下去。她从未做过任何有失体面的事;因为她的仪态是英式的,充满希腊风情,只不过村民们向之行触帽礼,教区牧师对之尊敬有加;当她于礼拜天早晨从宽敞的阳台上下来,与首相在

第十二章

石坛边消磨时间只为了摘一朵玫瑰时,无论高级园丁还是低级园丁都挺直背脊,以表尊敬——或许,她正设法忘掉玫瑰的事情,因为她的目光在奥林匹亚旅馆的餐厅里飘忽不定,寻找着她放书的那扇窗户,几分钟前她在那里发现了什么——有关爱情、悲伤和农民的无比深邃的东西。

然而叹息的是埃文;既非绝望,亦非反抗。但是,作为野心最大的和性情最迟钝的男人,他仍一事无成;他玩弄英国政治史于股掌之中,因为与查塔姆、皮特、伯克、查尔斯·詹姆斯·福克斯过从甚密,禁不住把自己和自己的年龄同他们比较。"从来没有一个时代像现在这样需要伟人。"他习惯了自言自语,长吁短叹。这会儿他正在奥林匹亚的一家旅馆里剔牙。他剔完了,但桑德拉的目光仍在游移。

"那些粉红色的甜瓜吃了后肯定有危险。"他阴沉地说。在他说话的时候门开了,走进来一个穿着灰格子西装的年轻人。

"美丽而危险。"桑德拉说,在第三者出现时立即与她丈夫攀谈。("啊,一个外出旅行的英国男孩。"她暗想。)

这一切埃文都心中有数。

是的,他无所不知,而他欣赏她。谈情说爱确实惬意,他想。但就他而言,因着他的个头(他记得拿破仑身高五英尺四),他魁梧的身材,而无法将自己的个性强加于人,恋爱是徒劳的。他扔掉雪茄,走向雅各,用一种雅各喜欢的诚恳态度问他,是否径直从英国来。

"好一副英国做派!"隔天早上,当侍者告诉他们那位年轻人五点就去爬山时,桑德拉笑了,"我敢肯定他跟你说了要洗澡?"侍者一听,摇了摇头,说得去问问经理。

"你不明白,"桑德拉笑道,"算了。"

在山顶上伸展筋骨,孤身一人,雅各感到无比自得。或许他一辈子都没这么快乐过。

而当晚用晚膳时,先是威廉斯先生问他是否愿意读读报纸;接着威廉斯太太问他(当他们在露台上抽着烟散步时——他怎能拒绝那位先生的雪茄呢?)是否看过那座剧院在月光下的样子;是否认识埃弗拉德·舍伯恩;是否读过希腊著作,而如果必须放弃一个(埃文悄悄站起来进屋去了),他是会选法国文学还是俄国文学?

第十二章

"现在,"雅各在给博纳米的信中写道,"我不得不去读她那本该死的书了。"他指的是她那本契诃夫,因为她把书借给他了。

尽管这种观点并未得到广泛认可,但似乎那些荒芜之地,那些乱石密布无法耕耘的原野,还有那片位于英国和美国之间海草飘摇的水域,比城市更适合我们。

我们身上有种蔑视资历的不受他人掌控的特质。正是这一点在社会上遭到嘲笑和曲解。人们聚在一个房间里。"很高兴,"有人说,"认识你。"而这是一句谎言。接着道:"现在我喜欢春天胜过秋天。我觉得,当人年纪渐长时便会如此。"因为女人们永远,永远,永远在谈论个人的情感,而若她们说"当人年纪渐长",她们是想让你用一些驴唇不对马嘴的话来回应。

雅各在以前希腊人切割用来建剧院的大理石的采石场里坐下。中午在希腊爬山实在是酷热难当。野生的红色报春花开了;他看见几只小乌龟从一个草丛蹒跚爬向另一个草丛;空气中有股浓烈的气味,又倏尔散发出甜味,阳光直射在锯齿状的大理石碎片上,十分耀眼。镇定、威严、傲慢、略微忧郁，无聊中带着几分焦虑，他坐在那儿抽烟。

想必博纳米会说就是这种情况让他操心——雅各变得情绪消沉，像一个没事干的马盖特渔民，或像一个英国海军上将。当他陷入这种情绪时，你无法让他明白任何事情。最好让他一个人待着。他整个人死气沉沉，情绪容易暴躁。

雅各起了个大早，带着他的旅行指南观赏那些雕像。

桑德拉·温特沃思·威廉斯一袭白衣，在早餐前用眼睛周游着世界，寻求一次新奇的历险或一种新鲜的观点，她的身材或许并不高挑，但极其笔挺——从桑德拉·威廉斯的角度看，雅各的头与伯拉克西特列斯的赫耳墨斯的头正好处于同一水平。这种对比对雅各完全有利。但没等她说一个字，他就撇下她走出了博物馆。

无疑，一位时髦的女士旅行时总是带着几套衣服，如果白色的那套适合早晨穿，或许沙黄色带紫点的那套、一顶黑色帽子，和一本巴尔扎克的书就适合夜晚。所以当雅各进来时，她就是以这副装扮站在露台上的。她看起来风华绝代。她双手交叠，沉思默想，仿佛在听她丈夫说话，仿佛在注视那些背着柴火走下山来的农民，仿佛在眺望那座由蓝变黑的山丘,仿佛在辨别真伪,雅各想着,突然双腿交叉,打量着自己极其寒酸的裤子。

"不过他的相貌十分出众。"桑德拉认为。

而埃文·威廉斯靠在椅子上,膝上放着报纸,对他们心怀妒意。他能做得最出色的事就是在麦克米伦出版他有关查塔姆外交政策的专题文章。但是这种膨胀、恶心的感觉真是可恶,这种焦躁不安、难以自控、怒火熊熊——这是嫉妒!嫉妒!嫉妒!那是他曾起誓再也不会产生的情绪。

"跟我们一起去科林斯吧,佛兰德斯。"他在雅各的椅子边站住,用比平常更多的气力说。雅各的回答,或是他说他非常愿意与他们一同去科林斯时那种坚定、直接,即使有点羞怯的语气,让他感到宽慰。

"这个小伙子,"埃文·威廉斯想,"或许很适合从事政治。"

"在我有生之年,我打算每年都来希腊,"雅各在给博纳米的信中写道,"这是我所知的唯一能够让我远离文明世界的机会。"

"天知道他这话是什么意思。"博纳米叹道。因为他自己从来不说蠢话,雅各的那些隐晦的话语让他忧心忡忡,却也给他留下了很深的印象,他天性偏好明确、具体、理性的事物。

桑德拉从科林斯最高点下来时说的话再明白不过了,她一直走在那条小径上,而雅各大步走在她身旁崎岖的土地上。她说她四岁丧母,还有公园很大。

"人们似乎永远也无法从中解脱。"她笑道。当然,图书馆还在那里,还有亲爱的琼斯先生,以及对事物的看法。"我那时经常闯进厨房,坐在管家的膝上。"她的笑容里含着苦涩。

雅各想如果当时他在那儿,他就会救她;因为他觉得她那时的处境极其危险,而后,他自忖道:"人们是无法理解一个像她那样说话的女人的。"

她低估了山的险陡,他看到她短裙底下穿着马裤。

"范妮·埃尔默那样的女人就不会这样,"他想,"那个叫卡斯拉克什么的也没有这样,但是她们都装作……"

威廉斯太太向来直言不讳。他惊讶于自己对行为准则有多么了如指掌;一个人能说的要比所想的多多少;一个人对女人可以有多坦率；以及他之前是多么不了解自己。

到了公路上，埃文与他们同行；当他们驾车翻山越岭时（希腊是一个激情澎湃的国度，却拥有着异常轮廓分明、草木不生的土地，你可以看见草叶间的土地，每一座山峰都被精雕细刻，常有波光粼粼的深蓝色海水映衬出它们的轮廓，皓白似沙的岛屿在地平线上漂浮，时而能在山谷中找到几丛棕榈树，零散的黑山羊及小橄榄树点缀其中，往往还有几处光影交错的树洞生在树干侧面），当他们驾车翻山越岭时①，埃文沉着脸坐在马车一角，紧紧攥着拳头，指关节间的皮肤绷紧，汗毛直竖。桑德拉坐在对面，盛气凌人，像一个准备直冲云霄的胜利女神。

"无情无义！"埃文心想（而这并非事实）。

"愚昧无知！"埃文认为（这也并非事实）。"但是……"他妒忌她。

就寝时，雅各发现他不知道该给博纳米写些什么。但是他远远地看见了萨拉米海湾和马拉松平原。可怜的老博

---

① 原文如此。

纳米！不，有什么不对劲。他不能写信给博纳米。

"我无论如何都要去雅典。"他下定决心，神态坚决，愿望像钓钩一样牵动着他的心。

威廉斯夫妇已经去过雅典了。

雅典那最不协调的市井百态依旧能给年轻人带来不小的冲击。它方才还平淡无奇，此刻便名垂千古。时而有廉价的大陆珠宝陈列在毛绒托盘上。时而有端庄的女人裸体站着，膝盖上方只有一片随风飘扬的遮羞布。一个烈日当空的下午，雅各随心所欲地走在巴黎式的林荫大道上，匆匆让开从此经过的皇家马车。摇摇晃晃的马车飞快地行驶在坑坑洼洼的车道上，戴着廉价常礼帽、穿着欧洲大陆服装的男女市民一律向它致敬；尽管一个身穿苏格兰裙、戴着便帽、打着绑腿的牧羊人差点儿把他的羊群赶到马车的车轮中间；与此同时，雅典卫城高耸入云、俯瞰全城，像一道凝固的巨浪，帕特农神庙的黄柱稳稳地矗立其上。

帕特农神庙的黄柱终日牢固地矗立在卫城上；而在日落时分，比雷埃夫斯港的船只鸣炮时，钟声响起，一个穿制服的男人（敞着马甲）出现了；女人们卷起她们正在石柱的阴影里编织的长袜,唤来孩子,一群人匆匆下山回家了。

它们仍矗立在那儿,柱子、三角饰、胜利女神庙和厄瑞克修姆庙,屹立在一块被影子劈开的黄褐色岩石之上。清晨你一打开百叶窗,探出身子时,便听见下面的街道上马车声、人声、鞭子声。它们就矗立在那儿。

它们毫不含糊地矗立着,一会儿白得晃眼,一会儿变成黄色,在某种光线下又呈现红色,这让人不禁想到耐久性,想到由某种在别处消散于精细琐事的精神力量孕育出的事物。但这种经久不衰存在于我们的欣赏之外。即使美所具有的人性足以动摇我们,足以搅起脑海深处的沉淤——记忆、放弃、悔恨、情感付出——帕特农却与这一切互不相干;若你想想几个世纪以来,它如何整夜屹立不倒,你便开始将那种光辉(正午日光炫目,几乎看不到中楣)与或许只有美能够不朽的观念联系起来了。

除此之外,与起泡的灰泥、伴着乱弹的吉他及唱片机噪音刺耳的新情歌、街上行色匆匆却微不足道的面孔相比,帕特农神庙的不动声色着实令人讶异。它是那么朝气蓬勃,与其说它行将就木,帕特农神庙倒像是比这大千世界更长久的存在。

"希腊人很聪明,从不浪费时间润饰雕像的背部。"雅各说着,用手遮在眼睛上,发现雕像背光的那一面刻得马马虎虎。

他留意到台阶有些参差不齐的棱角,"希腊人的艺术感甚于数学上的精确度。"他的旅游指南里如此写道。

他恰好站在伟大的雅典娜雕像曾经矗立的地方,辨认出了下面的展览台上一些更加著名的标志性展品。

简而言之,他一丝不苟、孜孜不倦,却太过愁容满面。那些导游还总缠着他。这是周一的事了。

但在周三,他拟了一封电报给博纳米,让博纳米立刻前来。然后他把它揉成一团,扔进排水沟里。

"首先,他是不会来的,"他想,"其次,我敢说这种事会烟消云散的。""这种事"是说那种不安、痛苦的感受,有点儿像自私,人们几乎希望这种事能停止——情况愈演愈烈,超越了人们可以想象的程度——"如果再这么下去,我就束手无策了——但如果有人同时也在经历这一切——博纳米被塞在他林肯律师学院的房间里——唉,真该死,唉。"落日之际,站在帕特农神庙前,覆盖着粉色羽毛的天空、五彩缤纷的平原、黄褐色的大理石映入眼帘,海米特山、庞特力寇斯山和莱克贝特山耸立在一侧,一望无际的大海在另一侧,让人觉得压抑。幸好,雅各很少联想到人的身上;他很少想起柏拉图或苏格拉底本人;另一方面,他对建筑十分痴迷,他喜爱雕像胜过绘画;他开始思考很多文明社会的问题,当然这些都已经被古希腊人出色地解决了,尽管他们的方法于我们毫无用处。周三夜里,他躺在床上时,那只钩子在他的心上猛地一拽;他用力一翻身,想起了他爱着的桑德拉·温特沃思·威廉斯。

第二天,他爬上了庞特力寇斯山。

第三天,他登上卫城。天色尚早,此地几乎空无一人,天上可能打着雷。灿烂的阳光普照着卫城。

雅各打算坐下看书,他在近处找到一块鼓形大理石,从那儿可以望见仍处在阴影里的马拉松平原,而厄瑞克修姆庙在他面前闪着白光,他便坐在那里。看完一页后,他把拇指夹在书中。为什么不用该用的手段来治理国家?他又看起了书。

不得不说,坐在能俯瞰马拉松平原的位置上多多少少让他提起了精神。或是因为,一个海纳百川的迟钝头脑也有成熟的时刻。又或者,他在身居海外时,不知不觉地陷入了对政治的思考之中。

之后他抬眼望见那鲜明的轮廓,他的思绪便备受鼓舞;希腊已经成为历史,帕特农神庙已是断壁残垣;而他还在那里。

(撑着绿色和白色的伞的女人们穿过庭院——前往君士坦丁堡与她们的丈夫会面的法国女人们。)

雅各接着读书。他把书搁在地上,仿佛受到读过的内容的启发一般,在纸条上着手写下关于历史的重要性——关于民主——的批注,这些不经意间写就的东西或许就是终生事业的基础;再者,二十年后纸条从书里掉出来,没有任何人将记得上面写了什么。这还真是可悲。还是付之一炬罢。

雅各写着写着,开始画一只挺直的鼻子。所有的法国姑娘在他下方把伞撑开又合上,望着天空大呼小叫,人们不知道会发生什么——大雨倾盆还是晴空万里?

第十二章

雅各起身，信步走向厄瑞克修姆庙。那里仍然站着几个撑着伞的女人。雅各微微挺了挺身子，因为首先影响身体的是稳定性和平衡度。这些"雕像"真是煞风景！他瞪着她们，然后转过身，发现卢西恩·格雷夫太太坐在一块大理石上，手里的相机正对着他的头。她自然跳了下来，即便她年事已高、身材臃肿、靴子紧脚——因为她的女儿已经出嫁，便整日穷奢极欲，身躯因为发胖变得奇形怪状。她跳了下来，但并非在雅各看到她之前。

"这些女人真该死——该死的女人！"他想。然后去捡他留在帕特农神庙地上的书。

"她们多煞风景。"他咕哝着，靠在一根柱子上，把书紧紧地夹在腋下。（至于天气，无疑风暴即将来临，雅典上空阴云密布。）

"就是这些该死的女人。"雅各说，语气中没有半分怨恨，反倒充满悲伤与失落，因为该来的永不再来。

（这种强烈的幻灭感通常出现在风华正茂、身强体壮的年轻人身上，他们不久就会成家立业、事业有成。）

在确认那些法国女人已经离开，谨慎地环顾四周之后，雅各漫步至厄瑞克修姆庙,有些鬼鬼祟祟地打量着左手边那尊支撑着屋顶的女神。她使他想起桑德拉·温特沃思·威廉斯。他瞟了她一眼,然后看向别处。他瞟了她一眼,又看向别处。他感慨万千,于是他想着那只破损了的希腊雕像的鼻子,想着桑德拉,想着各种各样的事,在烈日炎炎下,开始独自攀向海米特山顶峰。

就在那天下午,博纳米为了谈论有关雅各的事,专程到斯隆大街后面的广场上与克拉拉·达兰特喝茶。在炎热的春日里,临街的橱窗上拉起了条纹遮篷,独自站着的马儿刨着门外的碎石路面。身着黄马甲的年长绅士们按响门铃,待女仆端庄地回答说达兰特太太在家后,便彬彬有礼地走了进去。

博纳米与克拉拉坐在阳光充足的前厅,手风琴在外面奏着美妙的乐曲;洒水车一边洒水,一边沿着人行道缓缓行驶着;马车叮当作响,所有的银器、印花布、蓝褐相间的地毯、插满绿枝的花瓶,都有一道道颤动的柔黄光线照射其上。

这场交谈索然无味,无需引用原话——博纳米一直轻声细语地回答问题,同时愈加惊诧于挤压在一只白色缎鞋里的柔弱的存在(与此同时,达兰特太太正与某位先生在后屋高声议论政治),直到克拉拉灵魂的纯洁让他觉得坦诚,深浅尚不得知;若不是他开始相信克拉拉爱上了雅各,他或许就道出了雅各的名字——而他确实什么也做不了。

"爱莫能助!"他关上门时喊道,因为性情使然,当他穿过公园时,他感觉周围的一切都不大对劲,比如势不可挡的马车;成死板的几何形状的花坛;不可思议地绕着几何图案倾泻的瀑布。"难道克拉拉,"他想着,停下来去看泡在曲折的水池里的男孩子们,"就是那沉默的女人?——雅各会不会跟她结婚?"

但在阳光明媚的雅典,几乎不可能喝上下午茶,年迈的绅士们以截然相反的方式谈论政治的雅典,桑德拉·温特沃思·威廉斯坐着,蒙着面纱,一袭白衣,双腿前伸,一只手肘支在竹椅的扶手上,袅袅青烟从她的烟上飘出。

宪法广场上枝繁叶茂的橘树、乐队、拖沓的脚步、天空、房屋、柠檬和五颜六色的玫瑰——温特沃思·威廉斯太太喝过第二杯咖啡后,这些事物在她眼中变得如此意味深长。

于是她开始改编那个在迈锡尼邀请一位美国老太太坐在自己的马车里的尊贵而冲动的英国女人的故事(达根太太),使它更为戏剧化——这并不是一个虚构的故事。虽然里面没有提到埃文,他先把重心放在一只脚上站着,然后换到另一只脚上,等那两个女人安静下来。

"我正把达米安神父的生平写进诗里。"达根太太说,因为她已经失去了一切——世上的所有,丈夫、孩子及一切,但信仰仍存。

桑德拉背靠着椅子出神,思绪由一叶一花飘向世间万物。

催促着我们悲哀地向前的飞逝的时光,像绿叶间昙花一现的黄色果子一样,猛然间烈焰四射的永恒的单调苦闷的生活(她正看着橘树);唇上即将消逝的吻;在热闹嘈杂不断旋转的世界中——即使确实有一个宁静的夜晚透着迷人的苍白,"因为我对它的任何方面都很敏感,"桑德拉想,"达根太太永远都会给我写信,我也会回信。"此刻,皇家乐队正步走过,飞扬的国旗激起更多情感的波澜,而生活变成了载着勇士奔向大海的骏马——头发被吹向脑后(她

第十二章

想象着这一切,橘林里起了一阵微风),她自己则从银色的水花中显现——此时她看见了雅各。他站在广场上茫然四顾,腋下夹着一本书。他身材魁梧,今后或许会发胖。

但她疑心他不过是个乡巴佬。

"那个年轻人在那儿,"她烦躁地说着,扔掉了烟,"那个佛兰德斯先生。"

"哪儿?"埃文说,"我没看见他。"

"哦,走开了——现在在树后面。不,你看不见。但我们肯定会碰上他的。"他们果然碰上了。

但他到底有多土呢?二十六岁的雅各·佛兰德斯又有多愚蠢呢?片面看人是徒劳无益的。人们必须注意各种暗示,不能仅看表面上的言行举止。事实上,有些人会立即对他人的个性产生了不可磨灭的印象。其他人则人云亦云、随波逐流。和蔼的老太太们很肯定地告诉我们猫往往最善于判断一个人的品性。她们说,猫总喜欢接近好人;但是,雅各的房东怀特霍恩太太讨厌猫。

也有一种备受敬重的观点,说是如今对他人品格的评头论足已经做得过火了。毕竟,就算范妮·埃尔默多愁善感、达兰特太太铁石心肠又如何?就算克拉拉因为受了她母亲的很多影响(如那些议论他人的人所说),至今没有主动做过什么事,只有明察秋毫的人才能察觉到她那令人惶恐的情绪的深渊;未来某一天也绝对会投入某个配不上她的人的怀抱,除非,那些嚼舌的人说,她体内尚存她母亲的精神的一点火花——多少堪称大胆了。然而这种词语怎么能用来形容克拉拉·达兰特!别人认为她单纯到了极点。他们说,那就是她吸引狄克·博纳米——那个长着惠灵顿鼻子的年轻人——的原因。可以说他现在是匹黑马。到此,那些闲言碎语便会戛然而止。显然他们在有意暗示他那古怪的性情——这在他们之间已经流传很久了。

"不过有时候,那种性格的男人需要的就是克拉拉那样的女人……"朱丽娅·艾略特小姐会这么暗示。

"嗯,"鲍利先生则会回答,"也许吧。"

无论这些流言会传多久,无论它们在描述受害者时如何添油加醋,直到其人格变得像在火上烧烤的鹅肝那样鲜嫩,还是下不了定论。

"那个年轻人,雅各·佛兰德斯,"他们会说,"仪表不凡——只是笨手笨脚的。"然后他们就起劲地讨论起雅各来,永远在这两个极端之间摇摆不定。他带着猎狗骑马打猎——技术一般,因为他身无分文。

"你们听说过他的父亲是谁吗?"朱丽娅·艾略特问。

"听人说,他的母亲与罗克斯比尔家有点来往。"鲍利先生答道。

"他无论如何也不会累垮自己。"

"他的朋友们很喜欢他。"

"你是指狄克·博纳米?"

"不,不是说这个。那显然是雅各的另一面。他正是那种一头扎进爱河里,然后终生后悔不迭的年轻人。"

"噢,鲍利先生,"达兰特太太说着,乍然向他们傲慢地走来,"你记得亚当斯太太吗?嗯,那是她的侄女。"鲍利先生站了起来,礼貌地鞠了个躬,把草莓拿了过来。

于是我们只好回过头看看那另一面是什么——俱乐部和内阁里的男人们——因为他们说描绘人物性格是种毫无意义的炉边艺术,让人如坐针毡,精致的外表裹藏着内部的空虚、花哨与纯粹的胡乱涂抹。

战舰在北海上成射线状排开，精准地保持着彼此之间的距离。信号一出，所有大炮一齐瞄准目标（炮手长拿着表读秒——到第六秒时，他抬起了头），而军队所在的船只立即腾起烈焰，烧成碎片。十二个正值盛年的年轻人个个无动于衷、泰然自若地沉入海底（即使娴熟地操纵着机械），一起神情漠然、毫无怨言地窒息而死。这支军队像一套锡兵一样，走过谷田，爬上山坡，停下脚步，往左右轻微摇晃了几下，然后跌倒在地，只不过通过望远镜，可以看见有一两片仍在上下浮动，如同折断了的碎火柴梗。

据说，这些战争，连同银行、实验室、官署和商号不间断的生意来往，是将世界向前划的桨。参加战争的男人们的脸部轮廓与在拉德门广场执勤的那位面无表情的警察一般圆润。但你会注意到他的脸远非是因为饮食而变得浑圆，而是因意志的力量变得生硬，因努力保持这股意志而变得消瘦。当他抬起右臂时，血管内的所有力量从他的肩膀径直流向指尖；没有丝毫分散到心血来潮的念头中、多愁善感的懊悔中、过于琐碎的区别里。巴士准时地停了下来。

人们说，我们正是因此活着，被一种抓不住的力量驱使着。他们说,小说家从未能捕捉到它,说它猛然撞向他们的网,把其撕成碎片。这就是,人们说,我们赖以生存的东西——这股抓不住的力量。

"那几个士兵呢?"吉本斯老将军说着,环顾了一下客厅,这里每到周日下午都会挤满衣着考究的人,"炮在哪儿?"

达兰特太太也扫了一眼。

克拉拉以为她的母亲要见她,便走了进来,然后又出去了。

他们在达兰特家议论德国,而雅各(被这股抓不住的力量驱使着)快步走过赫尔默斯街,正好碰上威廉斯夫妇。

"噢!"桑德拉呼道,带着一种心中蓦然升起的热诚。埃文补了句,"幸会!"

他们在正对着宪法广场的那家酒店请他吃了顿丰盛的晚餐。镀金的筐子里装了新鲜的面包卷,还有真正的黄油。肉食不需要那么多浇了酱汁的红红绿绿的小菜来点缀。

不过,说来奇怪。用黄丝线绣着希腊国王的姓名首字母组合的红地毯上,每隔一段距离摆着一张小餐桌。桑德拉吃饭时照样戴着帽子、蒙着面纱。埃文回过头东张西望,沉着而灵活,时而发出一声叹息。说来奇怪。因为他们都是在五月的一个夜晚齐聚雅典的英国人。雅各自顾自地吃着饭,明智地应答问题,虽然语调有些不对。

威廉斯夫妇第二天一早要去君士坦丁堡。

"在你起床之前出发。"桑德拉说。

也就是说,他们会留下雅各一个人。埃文稍稍转身,点了份什么——一瓶红酒——为雅各斟上,带着一种关切,一种父亲般的挂念,如果有这种可能的话。一个人被撇下——这对一个年轻人来说也不算坏事。国家从来没有像现在这样需要男人。他叹息着。

"那你去过雅典卫城了?"桑德拉问。

"去过了。"雅各说。随后他们一起走到窗前,而埃文在叮嘱领班早点叫醒他们。

"难以置信。"雅各沙哑地说。

桑德拉微微睁开双眼。可能她的鼻孔也张开了一点。

"那就六点半。"埃文说着,向他们走来,仿佛在面朝背向窗户站立的雅各和他的妻子时看见了什么。

桑德拉冲他微微一笑。

然后,当他走到窗前,无话可说时,她断断续续地补充道:

"呃,但是多美好啊——难道不是吗?雅典卫城,埃文——你是不是太累了?"

埃文听了这话,便注视着他们,或是因为雅各当着他的面,几乎无礼地盯着他的妻子看,眼神中流露出愠怒却又有些痛苦的情绪——虽然她不会可怜他。无论他做什么,无情的爱神也不会停止它的折磨。

他们走了,他坐在吸烟室里,窗外就是宪法广场。

"埃文独处时更自在些,"桑德拉说,"我们已经不读报纸了。嗯,人们最好能够心想事成……自从我们相遇,你已经看过了万千风景……印象如何……我以为你变了。"

"你想去雅典卫城,"雅各说,"就在这儿了。"

"人们一辈子都会将之铭记在心。"桑德拉说。

"是啊,"雅各说,"我希望你是在白天来的。"

"夜幕下的卫城更好看。"桑德拉挥了挥手,说道。

雅各茫然地张望着。

"但你应该在白天看帕特农神庙,"他说,"明天你来不了——是不是太早了?"

"你一个人在那里坐了好几小时?"

"那儿今早来了些讨厌的女人。"雅各说。

"讨厌的女人?"桑德拉重复道。

"法国女人。"

"但还是发生了些很美好的事情。"桑德拉说。十分钟,十五分钟,半小时——那就是她的全部时间。

"是啊。"他说。

"在你这个年龄——在少年时。你会做什么?你会坠入爱河——噢,就是这样!但是别太仓促了。我年纪比你大多了。"

她被游行的人群挤出了人行道。

"我们还往前走吗?"雅各问。

"我们走吧。"她坚持道。

因为她无法停下来,除非她告诉他——或听见他说——抑或是她想要他有所行动?她在遥远的天边觉察到了这一点,便不得安宁。

第十二章

"你永远也无法让英国人就这样坐在外面。"他说。

"永远不会——不。你回英国后也忘记不了这种事——要么就跟我们一起去君士坦丁堡吧!"她突然喊了起来。

"但是那样就……"

桑德拉叹了口气。

"当然,你必须去特尔斐,"她说,"但是,"她扪心自问,"我想从他那儿得到什么?可能是我已经失去了的东西……"

"你大概会在晚上六点抵达那里,"她说,"你能看见那些鹰。"

在街角的灯光下,雅各看上去神情呆滞,甚至有些绝望,但依然十分冷静。也许,他正忍受着煎熬。他很容易轻信别人。但他性格里有点儿刻薄的成分。他在心中种下了强烈的幻灭感的种子,这种幻灭缘起于中年女人。可能当一个人努力登上了山顶时,他就不会幡然醒悟了——这种缘起于中年女人的幻灭感。

"这家旅店真够呛,"她说,"上一批客人连脏水都没倒就走了。总是有这种事。"她笑着说。

"我们总是遇到畜生一样的人。"雅各说。

他的愤慨一目了然。

"写信告诉我,"她说,"告诉我你的感受和想法。告诉我一切。"

夜色如墨,雅典卫城就像一座嶙峋的土丘。

"我十分乐意。"他说。

"我们回到伦敦后,还会跟你见面的……"

"嗯。"

"他们应该没锁门吧?"他问。

"我们可以翻过去!"她夸张地说。

云翳自东向西飘游,遮蔽了月光,使卫城陷入黑暗之中。云浓雾密,飘忽的薄纱凝滞了,堆山积海。

雅典此时天昏地暗,只能在街道上看见几缕轻薄的红光,以及宫殿正面被电灯照得惨白一片。码头在海面上突显出来,正是那一个个隔开的白点;海浪已无法辨认,海岬和岛屿就像晦暗的圆丘,其上几点灯光忽明忽暗。

"我想带上我弟弟,如果可以的话。"雅各喃喃道。

"之后等你母亲来伦敦时——"桑德拉说。

希腊大陆漆黑一片,在埃维亚附近的某个地方,准有一块云团触上了层层海浪,使其飞珠溅玉——海豚绕着圈子,游入深海。狂风在希腊和特洛伊平原之间的马尔马拉海上呼啸而过。

在希腊,以及阿尔巴尼亚和土耳其的高地上,风冲刷着沙砾尘埃,挟裹着厚厚的一身干燥的尘粒。随后它猛地冲向清真寺光滑的穹顶,吹得缠着头巾的穆斯林墓碑旁的柏树树叶翻飞,嘎吱作响。

桑德拉的面纱随风旋舞。

"我把我的那本给你,"雅各说,"这本。你想要吗?"
(这是一本多恩的诗集。)

时而有浩荡的风吹出一颗疾驰的流星。时而重返茫茫黑暗。眼下,灯一盏接一盏地熄灭。大城市——巴黎——君士坦丁堡——伦敦——暗得就像散落的岩石。航道依稀可辨。英国的树都枝繁叶茂。此处,南方的某个树林里,或许有一位老人点燃干燥的蕨草,惊飞了鸟儿。羊群发出一阵动静,一朵花微微垂向另外一朵。英国的天空比东方的更加阴沉,带着更浓的乳白色。某种轻柔、潮湿的东西从青草覆盖的山岗里飘进长空。咸涩的急风吹打着贝蒂·佛兰德斯的卧室窗户,而这位寡妇用胳膊肘微微支起身子,嗟叹一声,仿佛意识到了无边岁月带来的忧郁,但仍愿意再逃避一会儿——噢,就一会儿!

但还是回到雅各和桑德拉身上来。

他们已经消失了。雅典卫城矗立在原地,但他们走到那儿了吗?石柱和神庙历久不坍;世人瞬息万变的情感年复一年地冲刷着它们,而这些情感还有几分残存?

至于走到雅典卫城,谁又会说我们曾经做到过,或者说在雅各第二天早晨醒来时,他找到了某种坚固耐久、永世长存的东西?他还是跟他们一起去君士坦丁堡了。

桑德拉·温特沃思·威廉斯醒来时,必将在她的梳妆台上找到一本多恩的诗集。这本书会被放在英国乡间别墅的书架上,日后赛莉·达根的诗《达米安神父传》就与它放在一起。架子上已经有十多本小册诗集了。桑德拉于黄昏时分走进屋中,她会翻开那些书,双眼变得炯炯有神(但不是因为书上的字),她会慢慢坐回扶手椅里,把那一瞬间失了的神回过来;或者,有时她会坐立难安,便把书一本接一本地抽出来，荡过她生命的整个空间，就像杂技演员从一根杆子荡到另一根杆子上。与此同时，楼梯口的那口大钟滴答走时，桑德拉听见时间在累积，就会问自己："为了什么？为了什么？"

"为什么？为什么？"桑德拉会边说边把书放回去，然后走到镜子前，按按头发。而用晚餐时，正张开嘴吃烤羊肉的爱德华小姐会被桑德拉突然的关切吓一跳，因为她问道，"你快乐吗，爱德华小姐？"这是锡西·爱德华多少年来从未想过的一件事。

"为什么？为什么？"雅各从来不问自己这种问题，可以从他系鞋带的方式、刮胡子的方式、他在那个大风胡乱掀动百叶窗、五六只蚊子在耳边嗡鸣的夜晚也照睡不误中判断出来。他还年轻——一个男人。桑德拉对于他迄今仍易上当受骗的判断是正确的。等他到了四十岁，情况或许有所不同。他把多恩诗集里他喜欢的句子都标了出来，都是些野性十足的诗句。然而，你大可将莎士比亚的几节最纯洁的诗篇放在旁边。

而风正将黑暗滚转过雅典的街巷，滚转着，人们会以为，带着一种肆意摧残的情绪的力量，它不许对任何个人的情感做过细的分析，也不允许仔细查看其特征。一切脸庞——希腊人的，黎凡特人的，土耳其人的，英国人的——在黑暗中看起来大同小异。最后，石柱和神庙泛白、发黄，变成玫瑰红；金字塔和圣彼得大教堂显露出来，临了，迟缓的圣保罗大教堂逐渐显现。

基督徒有权以他们对一天的意义的诠释唤醒大部分城市。随后，不同教派持不同意见的人吵吵嚷嚷地提出了一个棘手的修正意见。轮船轰鸣着，如同几只庞大的音叉，它们陈述了那个上古的事实——冰凉的青绿色海洋在外面汹涌着。现如今能召集起最多人的，却是那烟囱顶部冒出的一缕白烟中微弱的职责的呼号，而夜晚不过是槌击之间一声漫长的叹息，一次深呼吸——即便在伦敦的中心，你也能从一扇敞开的窗户中听见它。

但是除了神经衰弱和失眠的人，或者站在芸芸众生之上的某处悬崖上、以手遮眼的思想家们，谁能像透过血肉看见骨架一般看待事物？在瑟比顿，骨骼是由血肉裹着的。

"这水壶在这种阳光明媚的早晨从没烧开得这么合适

过。"格兰迪奇太太说着,瞥了眼壁炉台上的钟。那只灰色波斯猫在窗台上伸了个懒腰,用柔软的圆爪子扑打着飞蛾。早餐还没吃到一半(今天他们迟了),一个婴儿就被放到她的腿上,她还得看着糖缸,而汤姆·格兰迪奇正读着《泰晤士报》上评论高尔夫的文章,呷了口咖啡,抹了下胡子,然后就去上班了,在办公室里他是外汇业务首屈一指的权威,因步步高升而备受瞩目。骨架好好地裹在肉里。当风卷着黑暗滚过伦巴第街、脚镣巷和贝德福广场时,就连这种漆黑的夜也躁动起来(因为时值夏季,且是酷暑时分),梧桐树上闪烁着灯光,窗帘为房间遮挡住光亮。人们仍呢喃着在楼梯上说过的最后一句话,或在闹钟铃声大作时,在梦中挣扎着不愿醒来。当风在一片树林中徜徉,无数枝丫便瑟瑟颤动;它掠过蜂巢,昆虫在草叶上摇晃,蜘蛛迅速爬上树皮中的褶缝;空气如呼吸般震颤,如细丝般富有弹性。

只有在这里——在伦巴第街、脚镣巷和贝德福广场——每只昆虫头上都顶着一个世界,森林中的网是为顺利处理事务而制成的设计图;蜂蜜则是各方面的宝藏;空气中的骚动是不可名状的生命的躁动。

然而色彩又回来了；爬上了草梗；吹进了郁金香和报春花；密实地在树干上划上纹路；填满了薄纱般的空气、草地和水塘。

英格兰银行显现出来；同样还有竖着满头金发的伦敦大火纪念塔；灰的、枣红的和铁褐的马拉着运货车跨过伦敦桥。市郊车冲进终点站时，发出一阵翅膀扇动的呼呼声。晨曦攀上一幢幢密不透光的高楼的表面，滑过一道缝隙，涂抹着光洁鼓胀的红窗帘、绿酒杯、咖啡杯，和东倒西歪的椅子。

阳光照耀着刮脸用的小镜子，和锃亮的黄铜罐；照亮了所有平日里用来消遣时光的物什；灿烂的、好奇的、全副武装的、辉煌夺目的夏日，早已战胜了混沌；晒干了阴郁的中世纪的迷雾；排净了沼泽里的水，在其上竖起玻璃和石头；用一种武器库装备我们的头脑和肢体，使仅是忙碌着日常事务的肢体动作带来的感官享受，也胜过昔日军队在平原上排阵的盛况。

第十三章

"盛夏时节。"博纳米说。

海德公园里,烈日已将绿椅背上的油漆晒起了泡;剥掉了梧桐树的皮;把泥土变成了粉末和光滑的黄色石子儿。飞转的车轮不间断地绕着海德公园驶过。

"盛夏时节。"博纳米挖苦道。

他之所以冷嘲热讽,是因为克拉拉·达兰特。因为雅各从希腊回来后变得又黑又瘦,兜里塞满了希腊札记,这便是管理椅子的人来收费时他掏出的东西。因为雅各一言不发。

"他连一句表示见到我很高兴的话也没说。"博纳米伤心地想。

汽车在曲池桥上川流不息;贵族们或昂首阔步,或优雅地俯过栅栏观望;平民们则翘起两膝躺在地上;羊群站直了木头似的四条腿吃草;小孩子跑下草坡,张开双臂,扑倒在地。

"很有都市气息。"雅各发话了。

雅各所说的"都市气息"不可思议地具有那种博纳米一天比一天觉得其比以往更非凡、迷人、了不起的品质的清晰形状,虽然他仍然粗俗、无名,或许永远都是这样。

多好的措辞!多美的形容!怎样才能让博纳米摆脱这种最为世俗的无病呻吟;使他避免像一块软木被浪头抛上抛下;使他对人的品德拥有扎实的洞见;使他得到理性的支持;使他从经典里找到慰藉?

"文明的巅峰。"雅各说。

他喜欢用拉丁语词汇。

高尚、美德——当雅各在与博纳米的交谈中使用这类字眼时,便意味着他掌控了局面;意味着博纳米会像一只热情的小狗一样围着他撒欢;意味着(很可能)他们的对话会以在地上打滚儿结束。

"希腊怎么样?"博纳米说,"帕特农神庙之类的地方?"

"那里没有一点欧洲的这种神秘主义。"雅各说。

"我觉得是环境的原因,"博纳米说,"你去君士坦丁堡了?"

"去了。"雅各说。

博纳米沉默了,捡起一颗石子,然后以蜥蜴吐舌般的敏捷及准确掷了出去。

"你恋爱了!"他惊呼道。

雅各脸红了。

最快的刀也不能如此切中要害。

作为回答,或表示对此不屑一顾,雅各直视前方,目光凝重,宛如磐石——噢,好极了!——博纳米像一位英国海军上将一样怒吼了一声,站起身来,扬长而去;期待听见什么声音;没有人来;拉不下脸回头;越走越快,冷不防意识到自己正盯着车流,骂着女人。那个美人的脸在哪里?克拉拉的——范妮的——弗洛琳达的?那个漂亮的小妖精是谁?

不是克拉拉·达兰特。

苏格兰猎狐狗必须要经常牵出去溜,在鲍利先生出门的那一刻,因为觉得出去走走也不错,克拉拉便和好心的小个子鲍利一起出门了——在奥尔巴尼庭院有一套房的鲍利,以一种诙谐的笔调给《泰晤士报》写信议论外国饭店和北极光的鲍利——喜爱年轻人,右臂搁在后背的瘤子上沿着皮卡迪利大街散步的鲍利。

"小讨厌鬼!"克拉拉嘟哝道,把特洛伊用链子拴住。

鲍利期待着——盼望着——一番肺腑之言。克拉拉对母亲情深意切,所以有时觉得她有点儿,怎么说,她的母亲过于自信,以至于不能理解别人也是——也是——"像我一样可笑。"克拉拉脱口而出(狗把她向前拽去)。鲍利觉得她看上去像个女猎手,心里琢磨着她应该是哪种形象——发间存有一缕月光的脸色苍白的处女,此乃鲍利转瞬即逝的遐想。

她的双颊染上嫣红。直言不讳地谈论自己的母亲——不过,只是对鲍利先生而已,他爱她,谁见了她都会爱上她的;不过她不习惯倾诉衷肠,却又整日想着必须要把心事托出,这种感觉糟糕透顶。

"等我们过了马路再说。"她弯下腰对狗说。

好在那一刻她已恢复了平静。

第十三章

"她朝思暮想着英国,"她说,"她太忧虑——"

鲍利一如既往地上当了。克拉拉从不对任何人推心置腹。

"为什么年轻人就是解决不了问题,嗯?"他想问,"净谈英国干什么?"奈何克拉拉无法回答这个问题,毕竟当达兰特太太与埃德加爵士谈论爱德华·格雷爵士的政策时,克拉拉一心寻思的是橱柜为何落了那么多灰尘,以及雅各为何从不过来。噢,考利·约翰逊太太来了……

克拉拉会奉上精美的瓷杯,然后会对之后的溢美之词付之一笑——她泡茶的手艺在伦敦无人能及。

"这是我们在布罗克班克商店买的,"她说,"在柯西特街。"

难道她不应该感激?难道她不应该喜悦?

特别是因为她母亲如此风姿绰约,而且与埃德加爵士对于摩洛哥、委内瑞拉等地的情况相谈甚欢。

"雅各!雅各!"克拉拉在心中喊着。而一向对老太太很好的鲍利先生,张望着,凝住目光;琢磨着伊丽莎白对她女儿是否太过严厉;还惦记着博纳米、雅各——是哪个小伙子来着?克拉拉一说她要去溜特洛伊,他就径直跳了起来。

他们来到了展览会旧址。他们观赏着郁金香。如蜡般光滑的细枝或坚挺或弯曲地破土而出,得到了滋养,也受到了抑制,泛起猩红色和珊瑚粉。每一株都伴着自己的影子;每一株都按园丁设计的那样,规整地生长在菱形楔子里。

"巴恩斯决不会让它们那样长的。"克拉拉沉思着,她长叹一声。

"你没注意到你的朋友。"鲍利说,此时走在对面的某人正举帽致意。她吃了一惊,对莱昂内尔·帕里先生的颔首礼作出回应,把为雅各涌动的柔情徒耗在他身上。

("雅各!雅各!"她在心中喊他的名。)

"但是,如果我放开你,你就会被车碾过去的。"她对狗说。

"英国好像没问题。"鲍利先生说。

阿喀琉斯像下的那圈围栏周围挤满了女式遮阳伞和男士马甲,项链和手镯。他们优雅地踱着步,漫不经心地看风景。

第十三章

"'这座雕像系英国妇女所立……'"克拉拉念出声来,轻轻傻笑了一声,"噢,鲍利先生!噢!"嘚——嘚——嘚——一匹脱缰的马疾驰而过。马镫乱摆,碎石四溅。

"噢,停下!让它停下来,鲍利先生!"她喊道,面如土色,浑身颤抖,抓着他的胳膊,不省人事,泫然欲泣。

"啧啧!"一小时后,鲍利先生在更衣室内不满地咂着嘴。"啧啧!"他的侍从正把衬衫饰钮递给他,因此虽然含糊不清,但这种嘟囔充分地表达出了他的心情。

朱丽娅·艾略特也看见了那匹脱缰的马,便从座椅上站起身来看事态如何发展。因为出身于体育世家,她觉得这种事未免有些可笑。不出所料,那个矮个子男人步履笨重地在马后追赶,屁股上全是灰,一副气急败坏的样子;当一名警察将他扶上马时,朱丽娅·艾略特带着一丝讪笑,转向大理石拱门去做她的善事了。其实不过是去探望一位认识她母亲的生病的老太太,她兴许还认识威灵顿公爵;朱丽娅与其他女人一样体恤贫民病患;常去看望弥留之人;在婚礼上扔鞋以示吉利;听过不少人倾诉衷肠;结识的家族比学者了解的年代还要多,是最善良、最慷慨、最不节制的女人之一。

然而在路过阿喀琉斯雕像五分钟后,她如同一个在夏日午后穿过人群的人一般被夺去心神,此刻树发出飒飒声,车轮搅起滚滚黄土,眼下的喧嚣宛如一曲为逝去的青春和过往的夏日而写的挽歌,她的心中升起一阵莫名的怅惘,仿佛时间与永恒通过裙摆与马甲显现出来,而她看见人们悲凉地走向毁灭。但是,天晓得,朱丽娅可不是傻子。天底下没有比她更会做交易的女人了。她总是那么守时。手腕上的表显示她还有十二分钟半用来走到布鲁顿街。康格里夫太太与她约好五点见面。

韦雷餐厅的镀金钟敲了五下。

弗洛琳达木然地凝视着它,就像一只动物。她看了看钟;又看了看门;照了照对面的长镜;挪了挪披风;挨近桌子,因为她有孕在身——斯图尔特大妈说这一点毋庸置疑,还给她推荐了药物,咨询过朋友;她跌倒了,由于她轻盈地走在地上时被鞋跟绊了一下。

侍者把她点的一杯淡粉色甜饮料放下。她用吸管喝着,瞥了眼镜子,看一眼门,之后甜味缓解了她的不安。尼克·布拉姆汉走进门时,甚至那位年轻的瑞士侍者也能看出来,他们之间有笔交易。尼克笨拙地挂好外衣,用手指捋了捋头发,像要受刑一样坐下来,神情紧张。她看着他,忍俊不禁,笑啊——笑啊——笑啊。年轻的瑞士侍者倚着柱子,交叉双腿站着,也笑了。

门开了。摄政街上鼎沸的人声传了进来,车流的嘈杂,毫无人性,不留情面,尘埃在阳光中弥漫。那位瑞士侍者得去招呼新的客人了。布拉姆汉举起酒杯。

"他像雅各。"弗洛琳达望着那位客人说。

"他盯着人看的样子。"她收起了笑容。

雅各倾下身,在海德公园的地上勾画出帕特农神庙的轮廓,只有一些纵横交错的笔画,可能是帕特农神庙,抑或是一幅数学图表。为何角落里的石子埋得那么深?他掏出一叠纸,并非为了清点他的札记,而是为了读桑德拉两天前在弥尔顿·道尔酒店写给他的一封洋洋洒洒的长信。她写信时,面前摆着他的书,回忆着以前说过的话和尝试过的事情,和在去雅典卫城的路上的黑暗中,那些永不敢忘的时刻(此乃她的信念)。

"他像,"她沉思着,"莫里哀书中的那个人。"

她指的是阿尔塞斯特①。她是说他很严肃。她能骗过他。

"还是说我不能?"她想着,把多恩的诗集放回书架。"雅各,"她继续思念着,走到窗边,眺望着草地那边芳华散落的花坛,草地上的花斑奶牛正在山毛榉树下觅食,"雅各会被吓到的。"

一辆婴儿车穿过栅栏上的小门推了进来。她吻了吻婴儿的手;在保姆的示意下,吉米挥了挥手。

"他是个小男孩。"她说,想着雅各。

可是——阿尔赛斯特?

"你真烦人!"雅各抱怨着,伸直一条腿,然后是另一只,在裤兜里摸着他的座位票。

"我想是叫羊给吃了,"他说,"你干吗要养羊?"

"抱歉打扰您了,先生。"验票员说着,把手伸进那一大袋零钱里。

"哼,他们最好为此给你工资,"雅各说,"给你。不。

---

① 莫里哀的喜剧《愤世嫉俗》中的男主人公。

你拿着。去喝个一醉方休。"

他宽宏大量地付了半个克朗,心里充满了对他同类的鄙夷。

甚至现在,当范妮·埃尔默走在滨河大道上时,还在用她那无能的手段应付他对铁路警卫或脚夫说话时那不屑一顾的态度,或者怀特霍恩太太与他商讨她的儿子被校长打了的事时,他的那种态度。

过去两个月里,仅仅凭借明信片的内容,范妮在脑海中勾勒出的雅各的形象变得愈加轮廓清晰、华美高贵、眉眼模糊。为了加深印象,她开始频繁出入大英博物馆,在那里,她垂下眼帘,一直走到残破的尤利西斯旁边,才睁开双目,感受着雅各的存在带来的崭新的冲击感,这足以在她心里萦绕半天,可却也在逐渐失去兴味。现在她写东西——诗、不会寄出的信,她在广告牌上看到他的脸,她会穿过街道,让手风琴把她的冥思谱成狂想曲。而在吃早餐时(她与一位老师是室友),当黄油被涂满盘子,餐叉齿上沾着熟蛋黄时,她又将这些幻象改得面目全非;实际上,她心情很糟;正如玛杰丽·杰克逊跟她说的那样,她都变得不像自己了,把一切都降低到(在她系她那双大靴子的鞋带时)一种常识、粗俗和感性的水平,因为她也爱过别人,并为之痴狂。

"教母应该告诉人们。"范妮说着,看向滨河大道上培根地图店的橱窗——告诉人们无需小题大做,这就是人生。她们应该说的,正如范妮此时所言,她注视着标有轮船航线的黄色大地球仪。

"这就是人生。这就是人生。"范妮感叹道。

"一张饱经风霜的脸,"巴雷特小姐想,在窗玻璃的另一边挑选了几张叙利亚沙漠地图,正不耐烦地等着付账,"这年头,女孩儿们很快就显老了。"

在迷离的泪眼中,赤道旋转起来。

"去皮卡迪利吗?"范妮询问公共汽车的售票员,然后登上顶层。无论如何,他将,他必,回到她身边。

而雅各坐在海德公园的梧桐树下时,想的或许是罗马,是建筑,是法学。

公共汽车停在查令十字站外,其后堵满了公共汽车、货车、汽车,因为一列拉着横幅的游行队伍正穿过白厅街。

第十三章

老人们正从光滑的石狮两爪间笨拙地爬下来,他们在那儿见证着自己的虔诚,引吭高歌,目光离开乐谱、望向苍穹,当他们跟在金字标语后前行时,依然凝视着天际。

交通滞塞了,阳光因为不再有微风吹散,变得酷热难当。然而游行队伍过去了;那些横幅在白厅街遥远的另一头闪闪发亮;车流松动了,先是缓缓前行,继而驶入流畅不断的喧嚣之中;在鸡距街(Cockspur Street)的拐弯处急转弯,掠过白厅街上的政府办公楼和骑士像,驶向塔尖锋利的教堂、拴住的灰色舰队似的砖石建筑,和威斯敏斯特宫的白色大钟。

大本钟长鸣五声,纳尔逊接受致敬。海军部的电话线在与远方的通话中颤动着。一个声音不断提及各国首相和总督在德国国会的谈话:进军拉合尔;说皇帝远行了;在米兰发生了暴乱;说在维也纳谣言四起;说驻君士坦丁堡的使节觐见了苏丹王;舰队抵达直布罗陀。声音在继续,当白厅的公务员(蒂莫西·达兰特也是其中之一)边听边译,然后记录下来时,他们的脸上印着它特有的不可动摇的严肃。文件堆积如山,有德国皇帝们的演讲稿、稻田的统计数据、成百上千个工人的怒吼、后街上密谋的叛乱，或是加尔各答集市上的集会，或是阿尔巴尼亚高地上部队的集结，那里山色沙黄、尸骨横陈。

在一间摆了几张大桌子的安静的房间里，那个声音清晰地讲着话，一位老者在打字稿的页边做着笔记，他的银头伞靠在书柜上。

他的头——谢了顶，双眼布满血丝、双颊凹陷——如同这栋楼里所有其他的头颅。他的头，嵌着一双亲切的浅色瞳仁，载着知识的重荷穿过马路；把这重担摆在同事们面前，而他们到来时也是同样的不堪重负；然后这十六位先生，或提着笔，或疲惫地在椅子里扭动着，裁定历史应当朝这样或那样的方向发展，如同他们的面容所展现的那样，他们果决地将某种凝聚力强加于邦主们和皇帝们，以及市集上的窃窃私语，和阿尔巴尼亚高地上穿着苏格兰裙的农民的秘密集结，而白厅对此洞若观火，从而掌控事态的发展。

皮特和查塔姆、伯克和格莱斯顿用死板无情的双眼左顾右盼，流露出一种也许让活人嫉妒的不朽的沉寂气质，

第十三章

当游行队伍举着横幅穿过白厅街时,口哨声和撞击声沸反盈天。再者,有几个人饱受消化不良的折磨;有一个恰好在那时打碎了他的眼镜片;另一个明天要在格拉斯哥演讲;总之,他们看上去不是太红、太胖、太白就是太瘦,无法像那几个冷酷的头脑一样掌控历史进程。

蒂米·达兰特在海军部他的小房间里,正准备查阅一本蓝皮书,却在窗前驻足片刻,注视着绑在灯柱上的标语。

打字员托马斯小姐跟朋友说如果内阁会议再开下去,就要耽误她与男朋友在狂欢剧院的约会了。

蒂米·达兰特夹着他的蓝皮书返回时,注意到街角有一小撮人聚在一起,好像其中有人了解什么情况,其余人挤在他周围上下打量,又朝街道左顾右盼。他究竟知道些什么?

蒂莫西将蓝皮书搁在面前,研究起财政部发来的一份要求提供情报的文件。他的同僚考利先生将一封信插在长钉上。

海德公园里,雅各从椅子上起身,把票撕碎后走了。

"夕阳无限好,"佛兰德斯太太在给新加坡的阿彻的信中写道,"使人无法就这样待在屋里,浪费一分一秒都像是罪过。"

雅各离开时,肯辛顿宫的落地长窗映出似火红霞;一群野鸭从曲池上方飞过;一片黑压压的树林参天而立,甚为壮观。

"雅各,"佛兰德斯太太写道,霞光铺满信纸,"在结束了愉快的旅程之后,工作十分卖力……"

"皇帝接见了我。"远方的声音在白厅里说道。

"我现在认识那张脸了——"安德鲁·弗洛伊德牧师说着,从皮卡迪利的卡特商店里走出来,"但到底叫什么名字——?"他瞥了眼雅各,转过身来观察着他,但仍然无法确定——

"噢,雅各·佛兰德斯!"他猛然间想起来了。

但他太高了,如此不谙世事,好一个俊朗少年。

"我送了他一本拜伦的诗集。"安德鲁·弗洛伊德喃喃自语着,在雅各过马路的同时迈步向前;但他踌躇了,时间稍纵即逝,于是错失了机会。

另一支没有横幅的游行队伍堵住了长亩街。马车载着

第十三章

戴紫水晶的贵妇和别着康乃馨的绅士,截住了驶往反方向的出租车和小汽车,身穿白马甲的疲倦的男人们懒洋洋地坐在车里,他们在回普特尼与温布尔登的灌木路和台球室的路上。

两架手风琴在路边摇奏,臀部印着白色标记的马驹从奥尔德里奇家里跑出来,大步跨过街道,又被猛地勒住了。

达兰特太太和沃特利先生坐在汽车里,她因为担心错过序曲而焦躁不安。

而永远从容不迫的沃特利先生总是赶得上前奏曲,他扣好手套,赞美着克拉拉小姐。

"如此良宵竟在剧院里荒度,真是可惜!"达兰特太太看着长亩街上灯火通明的马车行的橱窗说。

"想想你的荒原!"沃特利先生对克拉拉说。

"啊!但克拉拉更喜欢这个。"达兰特太太笑言。

"我不知道——真的。"克拉拉凝视着明亮的橱窗说。她吃了一惊。

她看到了雅各。

"谁?"达兰特太太凑上前去厉声问道。

但她谁也没看见。

歌剧院拱门下,胖的、瘦的、涂脂抹粉的、须发浓密的脸,一律被落日余晖染成红色;受到大吊灯压抑的淡黄色光线、沉重的脚步、猩红一片和隆重仪式的触动,一些姑娘向附近热气蒸腾的卧室里张望了片刻,那里有披散头发的女人将身子探出窗户,那里有女孩儿们——有孩子们——(大镜子将女士们的身影悬了起来)但人们必须跟上,不能挡道。

克拉拉的荒原美不胜收。腓尼基人在他们的灰色石堆下酣睡;旧矿的烟囱直刺苍穹;初生的飞蛾模糊了石南花的轮廓;能听见车轮远远地碾过路面。海浪吮吸着、叹息着,不紧不慢,无止无休。

帕斯科太太站在她的菜园里,一只手遮在眼睛上方,眺望大海。两艘汽船和一艘帆船擦肩而过;海湾里,海鸥不停地落到圆木上,又展翅高飞,再飞回圆木上,另一些则坐在浪尖上,立在水沿上,直到月光将一切染白。

帕斯科太太早就回屋了。

而霞光照耀着帕特农神庙的石柱,希腊妇女个个编织着长袜，时而喊回一个孩子，兴高采烈地把其头上的虫子捉掉。她们如同夏天的崖沙燕，争争吵吵，骂骂咧咧，给婴儿喂喂奶，直到比雷埃夫斯港的船鸣炮。

炮声传向远方，伴随着阵阵爆炸穿过海岛之间的峡湾。

黑暗像一把刀，悬在希腊上空。

"炮声？"贝蒂·佛兰德斯说着，半梦半醒地下床走到窗前，窗户上装饰着暗色的叶穗。

"不在附近，"她想，"在海上。"

她又一次听见了远方的那种闷响，仿佛上夜班的女工在拍打大地毯。莫蒂杳无音讯，西布鲁克已经过世，她的儿子们正为国作战。可鸡崽们是不是安全？那声音是不是楼下有人走动发出的？还是丽贝卡在闹牙疼？不。是上夜班的女工在拍打大地毯。她的母鸡在窝里轻轻挪动。

第十四章

"他把一切都原封不动地留在那儿,"博纳米惊叹道,"什么都没收拾。信扔得到处都是,谁都可以去读。他是怎么想的?他觉得他能回来?"他站在雅各的房间中央沉思着。

18世纪自有其显赫之处。这些房子大概是在一百五十年前修建的。房间造型美观,天花板很高;门口上方的木头上刻了一朵玫瑰或是一个公羊颅骨。就连漆成绛紫色的窗格也是那么不同凡响。

博纳米捡起一份购买猎鞭的账单。

"好像付过钱了。"他说。

桑德拉的信放在那里。

达兰特太太正去格林尼治参加宴会。

罗克斯比尔夫人期待着再次见面……

空荡荡的房间里，风无精打采地一味掀着窗帘，瓶子里的花动了动。藤椅上的一根枝条嘎吱作响，尽管无人坐在上面。

博纳米穿过房间走到窗前。皮克福德的货车摇摇晃晃地驶过街道。公共汽车堵在穆迪图书馆所处的街角。引擎震颤着，赶马车的人猛地一刹，马匹人立而起。一阵刺耳苦闷的声音喊着胡话。蓦然间，所有的树叶似乎都竖了起来。

"雅各！雅各！"博纳米站在窗边喊。树叶又耷拉了下来。

"到处都乱七八糟！"贝蒂·佛兰德斯猛地打开卧室门，惊呼一声。

博纳米从窗边转过身来。

"我拿它们怎么办，博纳米先生？"

她拎出一双雅各的旧鞋。